시간의 수레바퀴

■ 김아랑 시집 ■

시간의 수레바퀴

김 아 랑
Kim A Lang

노문nomoon

시인의 말

의자에 잠시 잠시 걸터앉아 엽서를 띄우듯 한편씩을 써 내려갔다. 오래전 한 해에 한 권씩 시집이 나오다가 ......묶 여지고 낡아지고, 묶여지고 낡아지고를 여러 번 반복. 그 시 집들은 출판사까지 갔다가 되돌아오고 되돌아오고 지금은 미완으로 따로 묵은 세월처럼 남아있으니......잃어버린 세월 이 됐다. 그리고 이 시집은 따로 쓰여져 힘겹게 나오기까지 24년이 흘렀으니 노문출판사 백성대 사장님과 평론를 써주 신 김완기 회장님, 김주명 금빛봉사 단장님께 진심으로 감사 를 드린다. 그분들 아니었으면 또 버려져 잃어버린 세월이 될 뻔했다.

오빠를 중심으로 한 친형제들과, 형부, 올케, 조카들, 부 모와 보낸 시간이 내 생애 초원의 빛이었다.

막내와 올케, 누나들에 대한 보살핌이 오랫동안 있었던 따 뜻한 인생여정이었다. 가족들이 있어서 겨울바람 속을 걸어 가는 듯한 시간들을 눈꽃송이처럼 피울 수 있어서 깊이 감사 드린다......눈이 내리고 겨울 새벽길에 나 있는 발자국처럼 그렇게 고요히 걸어가리라......가슴에도 눈이 내린다......빈 나무 가지마다 솔바람이 불어온다.

세계시인대회 일주일간을 함께한 타이치란, 가에모리, 왕 치렁, 리사, 자우리, 세계시인협회 회원들과도 기쁨을 누리 고 싶다

그립고 안타까운 시간들을 안긴 엄마와 큰 아름드리 나무 였으나 몇 년간 누워계신 아버님께 이 책을 바친다. 눈물과 기도와 헌신의 시간들에 감사드린다. 레몬트리 같은 딸에게 도 휘파람을 불어 보낸다.

2015. 새해. 일자산에 오르며
김 아 랑

새해에

을미년 신년 원단
- 운수대통
- 재수대통
- 만사형통
메세지가 떴다

나도 마음을 모아 정성스런 1년을 기원했다

씨앗에서 싹이 올라와 향기로운 열매를 맺기까지 상상
력과 생각의 깊이와 폭의 넓이가 매시간 365센치
  흔들리고 일어서고 흔들리고 일어서 가는 매일 365바퀴
  자연과 한 몸이 되어 걸어가는 맨발의 1주일 365 땀방울
  포도 넝쿨이 우거진 햇살 포도밭에서 발효의 휘파람을
불어가는 1달 365소절의 성가
  텅빈 손에 흙의 입김을 불어 써내려간 엽서에 담긴 백
일 365연의 기도문
  나무가 불러주는 넉넉한 바람의 300일 365편의 동요
  기도와 성수로 매일매일 새롭게 거듭나는 날들이 365일

우리 사는 생애 매일매일이 그러하소서.

저자 김 아 랑

차례

┃ 시인의 말
┃ 서시

여자의 제5 계절

　미술을 전공하고 문예창작과에서 '섬' 정현종시인과 '광장' 최인훈 교수 밑에서 시창작과 소설창작을 부전공을 했다......시간이 흘러 천호동 화실에서 르네상스 그림들을 그렸다. 비자를 받고 미국 뉴욕 소호 거리, 갤러리들이 즐비한 곳으로 가려고......

　거기에 가서 화가로 유명해지면 최고 예술가도 된다고 했다. 스승들의 그림은 석양의 건맨 영화배우 크린트이스트우드가 경매에서 사갔다 바이어들의 소문이 돌았다. 나도 화가들과 비자 받을 날만을 기다렸다......시간이 더디......흐르고,......흘러가던 어느 날, 붓을 내려놓았다. 어린이들을 가르치는 일을 하며 시를 쓰고 있던 나는 도저히 두 길을 함께 갈 수 없었다. 몇 달을 밤새 고민하다 시의 길을 선택했다......살아오면서 더러 '난 왜 그림을 포기해야했던가' 절망이 왔다......그러나

　시의 길을 걸어왔기에 만날 수 있었던 시간들, 사람들, 그 분들이 있었기에 나는 참으로 행복했던 시간을 걸어왔고 인생의 한 페이지마다 곱게 물들어 갈 수 있었다는 것을 알았다.

빨래가 널려 있는 풍경

맑은 가을 햇살 여인들이 빨래를 널고 있는 아침

깎인 잔디밭에서 풀냄새가 진한 것은
아픔을 치료하려 풀들이 자기 상처 감싸고 있는 것인데
낙엽 차곡히 쌓이는 벤치, 상처인 양 빨래를 꼭 껴안고
내 안의 아린 풀내음을 맡네

지난 이야기는 수레에 담아도 공수레 공수거
부르다만 노래, 쓰다가만 편지, 모두 담아도 미완성
세월의 강을 건너
갈대밭에 이는 목이 쉰 바람소리를 읊조리는 여자는
눈위에 발자국이 찍힐까
계곡 물위를 걷던 여자인가

풀빛 베인 날들 구겨진 빨래를 개서 발로 밟고
한 목숨, 한 소절 피아노로 떠서 오선지에 옮기 듯
키만큼 수만큼 팔을 펴주며 빨래를 널면
가을빛에 함께 타는 저녁놀인데

눈물 배어난 낙엽을 밟고 오는
단풍보다 슬픈
가을 날 여인의 낙엽 밟는 발자국 소리
억새의 시간을 딛고 빨래를 너는
붉게 물든 가을날의 이야기

산정호수에서 산책

즐거움을 지닌 시 정신의 깃털과 호수가 만나면
파닥파닥 날개의 깃을 펼친다는 것을 알았다
영원의 오솔길을 걷는 발걸음을 오롯이
호수 옆 날개, 숲으로 인도했던 것도
몽상이 담긴 은유의 긴 접시를 돌리며 무애에 찬 호수
였다
뒤 돌아볼 겨를 없이, 품에 안은 렌즈를 조심스레 열고
강동 시성 이 호수 아래로 미끄러져 내려갔다
그 때 그를 잡아 끈 것은 아마 항아리를 품에 안은 듯한
호수가 펼쳐 낸 빛살의 역광이었으리라
누구나 한 번 쯤 자기 그림자를 비춰보고
솔바람이 옷깃을 털 때 스쳐가는 밑없는 밑을 음미하
고 싶었으니까
포천이 고향이라는 시성이, 휘어진 나무를 가리켰다
그 자는 길을 잘못들었나 보군
나무는 등을 길게 뻗어 호수에 손을 적셨다
고뇌를 쓰다듬던 물결의 감싸임, 뿌리의 치유력이 느
껴지는 순간이었다
시간이 흘러가도 사랑의 추억은 가슴 언저리에 나는
불사조인가
동두천 시성이 꺾어든 버섯은 축축히 젖어 있는 하얀
빛이었다
엇갈린 길들이 그물처럼 포개진 숲에서

흰 빛은 마지막 사랑인냥 시들지도 그늘도 없이 깃을
펼치고 있었다
그 때 매미가 울었다
태어나 지상의 삶을 며칠간의 울음으로 마감하는 고목
위의 영성
평생을 기다림으로 웅크려 우는 울음이 저런걸까
꿈에 엎드려 숨죽인 날들이 너무 길어서 허무했고
허무했기에 간절했다
인천 시성이 소리를 잡으려 뛰어올랐지만 소리와 허공
은 같은 숨결이었다
하이힐의 시성, 그녀의 눈빛과 호수는 닮아있었고
간간히 구절초 향기를 헤치고 웃음이 번져나갔다
그 때 새 소리와, 포용하며 거칠 것 없는 폭포 소리를
따라
산 다람쥐가 기어 들었다
기암괴석이 펼쳐진 청춘도 인생도 발걸음도 되돌릴 수
없었다
돌이킬 수 없다는 사실로 인생은 아프고 아름다웠다
산초 한가닥을 꺾어들었다, 마술의 향기가 풀려나고
있었다
이제 곧 곱게 물든 계절이 몸부림처럼 올 것이고
인생은 아주 천천히 흘러드는 시 간속에서
작은 새가 날아들던 길을 가고 있다는 것을 간간히 잊
으리라
그 날 아침, 맨발로 걸어 들어온 산정호수는
위안과 안위로 쓰다듬는 시성들의 보모였다

영상 속으로

렌즈의 지평을 열고 있을 때
그것은 또 다른 외물응시와 자기응시의 시작이었다
빛과 어둠, 흑과 백 사이 오랜 세월 동안 나 있는 길
길의 흔적 속에서 보았다
짐을 진 어머니, 웅크린 초가, 푸른 그림자를 끄는 거
리의 악사
수정처럼 부서지는 강물, 침묵의 수도사, 탑 위의 종
안개비에 젖은 들꽃까지
아, 그것은 우리 심장의 들창까지 다가와 속삭인다
〈당신이 사랑한 것만이 당신에게 남아 있다고〉

렌즈를 열고 렌즈 속으로 들어갈 때
우주의 비밀로 통하는 숲이 거기 있었다
고목에 둥지를 튼 황금빛 낙조와
설원을 이고 선 나무, 거미줄에 뚫린 영롱한 창문
렌즈의 프레임 안에서 나는 보았다
횔더린의 풀잎, 워즈워드의 무지개, 고호의 별들과
도로디어 랭의 정열과 고뇌
비애로 가득찬 군상까지
그 오솔길 스승이 가고 선배가 가고
아, 나는 억겁의 계곡에서 피사체의 속삭임을 듣는다
〈당신의 운명을 사랑하라고, Amor Fate〉

어느 만큼의 거리, 어느 만큼의 기다림인가
사라지는 안개와 먼지와 티끌조차도
꽃과 나무와 새와 온전히 하나의 숨결로 바라볼 날은
그러나 오늘 더 이상 홀로이지 않다
비를 맞아본 인생이 더욱 푸르고 청초하듯
하나하나의 발자취, 거울 속에 비쳐진 영상을 반추하며
미세하고, 섬세하며, 부드럽고, 미묘하게
아름다운 진리애의 장에 조용한 기다림과 자기응시 속에
스승과, 선배와, 내가 함께 있지 않는가

안개꽃

선운사 돌던 바람 보릿대 휘여 잡고
쓰러졌다 일어서고 쓰러졌다 일어서고

민박집 여주인
귀신처럼 두들기는 밤늦은 손님들에
쓰러졌다 일어서고 쓰러졌다 일어서고

밤에 피는 꽃과 밤을 새우는 꽃
파스칼과 키에르케고르의 불안도
위대하고 비참한 시인들 속에서
쓰러졌다 일어서고 쓰러졌다 일어서고

이골 저골 산자락 타고
골골 앓는 개구리 울음도
시인들의 시조 가락처럼
끊어지듯 이어지고 끊어지듯 이어지니

아, 인생은 하룻밤 속에서도

얼마나 흐드러지게 피는 꽃인가

출렁이는 봄

봄이 왔다, 논바닥을 보라, 개구리가 뛴다
물고를 틀고 고삐 바뚜잡은 엉덩이가 삐죽거린다
태양은 실눈을 떠 창틈을 기어가고
젖먹이 아이는 혀를 내밀어 고양이 꼬리와 엉킨다

봄이 왔다, 부둣가를 보라, 깃발이 춤춘다
아낙네들 손에 억세게 붙잡힌 지느러미가 퍼득거린다
킬리만자로의 향수가 솟구쳐 표범이 바장이고
새들은 폴폴 날아와 풀섶에 날개를 비빈다

뻐꾸기 소리

어린 새가 고물고물 들어찬 둥지를
혼돈의 두 눈으로 응시할 때
보송보송한 솜털이 손끝에 따스하게 아려올 때
뻐꾸기 소리를 들었네

거무테테한 나무껍질 같은 손으로
한 두릅의 굴비를 쥐고 오를 때
습하고 오래된 기침으로 쿨럭일 때
허물어져 가는 계단 끝자락 뻐꾸기 소리를 들었네

고통도 바람의 노래로 읊조리는 무소유의 노을속
위치없이 실려가는 그리운 편지
빛바랜 사진 하나 가슴으로 꺼내 다시 끌어안으며
안타까운 허공의 절망

나는 들었네 뻐꾸기 소리를

나무와 흙과 바람의 영원한 어머니인 강
노래와 위안이 스며 있고 출렁이는 안식이 깃든 물줄기
눈물도 울부짖음도 사랑과 저항과 유서도
한가닥 고요한 생명의 숨결 향기로운 흐름
여운이 있고 깃털이 있고
손끝을 간지럽히는 부리와 날개의 이미지의 묵화

나는 들었네 뻐꾸기 소리를

여름 창가

흙백필름의 꿈과 잠을 웅크린 검은 고양이 소피아
직직대는 실내화가 실루엣처럼 멀어지는 흰 탁자
고통과 꽃의 이중성, 가라앉는 것과 일어서는 것의
빨간 촛불

샴페인 거품이 사그러드는 적갈색 눈동자
한기를 띤 채 노르스름히 뭉쳐진 다문 입
은발 끝에서 물방울이 떨어지는
아일랜드인 코리가 두드리지 않는 한
로이스집 문을 여는 보드라운 손은 없다

페인트칠이 듬성듬성 벗겨져 나가고
퀘퀘하게 썩어가는 2층 목조 건물
뒷문 밖 스물스물 기어다니는 벌레들
엉킨 줄기를 타고 달팽이가 안간 힘으로 오르는 고목들
대서양 연안을 맴돌며
까악까악 울어대는 까마귀

아직 더 남은 그리움은
며칠이고 떨어지는 빗방울
홀로 외로이 타들어 가는 촛불
그리고 로이스의 느릿느릿한 발검음들

내 마음의 빛

그대에게 가고 싶다
흐르는 물에 비상과 추락의 인생이 녹아있 듯
흐르는 바람에 요동치는 불안과
폭풍의 날개 잠재우고
그물에 걸리지 않는 바람같이
물에 더럽혀지지 않는 연꽃같이
어릿어릿한 어지러움
홀로 도시의 사막에 갇혀 울먹이던 나날도
쓰라린 가슴 어느 여름날 꽃의 어깨에 기대어
화사한 슬픔으로 깨어나 그대에게 가고 싶다

산새들이 부스럭거리던 소리
내 가슴은 아직도 두근거린다
자잘대는 물과 사그락거리는 숲
봄날 향긋한 입김과, 솔가지 내음
진달래 얼레지 상강나무 향기가 풍기고 있었던 그 곳
마음이 고요해지면 귀로도 향기의 속삭임을 듣던 곳

그대에게 가고 싶다
커피에 녹아있는 쓴맛
부서질 듯한 태양과 노동을 지나
잎을 가시로 바꾸며 사막을 견디는 선인장,
그 목마른 대지를 지나

　　나무를 심던 손의 축복으로 영혼이 푸르러지던 그대
에게
　　그대에게 가고 싶다

눈

슬픔은 세월 속에 고이 간직하는 별이라고
생떽쥐베리 속삭임을 하나하나 건너가노라면
어느새 눈이 내리고 아이도 커갔네

집을 지우고 나무를 지우고 계단과 노래 소리를 지우고
그러나 인생은 사랑하는 사람들을 소리 없이 갈라놓
았어
자끄프레베르의 절망이 눈발 속에 뿌옇게 나를 흔들어

따스한 빵 내음 찻잔의 향기를 내 어찌 잊을 수 있었나
노란 프레지아 향기 나부끼던
식탁의 모든 추억이 또 다른 추억일 뿐
종탑위에 내려앉은 비둘기도 길 처럼 곧 지워지리라

뿌연 안개 속에 세상을 덮었던 것이
어찌 너 뿐이었으랴
이리저리 휘어진 고목
속절없이 바람이 불어 낙엽이 나를 뒤덮고
내 안에서 나를 퍼내는 편지들도 밤새 나를 덮었지

눈이 세상을 다 덮으면 탑 꼭대기에서 종이 울리리라
눈이 지운 길 먼— 건너, 나는 내 고향을 볼 것이다

내 귀에 속삭이는 물소리, 새소리, 대나무 소리
깨지는 얼음장들은 금강 위로 흘러가고
첨탑의 종소리는 나를 위해 울려퍼졌어

그러면 들판으로 가는 계절이
황무지를 일으켜 꽃을 한아름 안고

내게 사랑의 시들을 또 다시 들려줄 테니까

숲

빛바랜 가슴에 배낭을 메고
물소리 바람소리
홀로 산길을 간다
휘어지고 뒤틀린 등걸의 세월
폭우에 밀려 뿌리 뽑힌 세월
뭇서리가 내려와 덮는
저 차디찬 세월
붉디 붉은 낙화를 고인 물에 모으고
한나절 산새가 울음 우네

길이 있다면 붉게 물든 계곡을 따라
아무 것도 가질 것 없는 저 홀로 벗은 길에
거듭나고 사랑하는 길이 있다면
설움을 걷어 내고 내게 가르쳐 다오
몸부림치며 바라온 그 무엇이
무상히 흘러가는 이 길에 있었다면
저 신비롭게 미소짓는
노을의 팔과 미소 속에
놓아 다오 무거운 짐을

말해다오 가을날에
긴 그림자를 드리운 무거운 인생의 정적도
타들어 가는 것임을

나 언제나 봄날 꿈속을 가듯
파랑새처럼 노래했으나 이제 말해다오
푸르름과 낙엽이 본래
한 몸이었다는 것을

안개 낀 도시

아무도 목적지를 모른다
실어나를 뿐이다
마음은 강물의 나루를 건너
보이지 않는 오솔길을 따라
계곡이 있는 숲에 이르러 맘껏 푸르러지고 싶으나
희망은 환상 속에서 굴절되어 사라진다

지금, 전철은 안개에 쌓인 한강 다리를 건넌다
어디로 가고 있는지

어느 쯤에서 도시는 얼굴을 드러내고
내가 도시의 오른쪽 심장이라고
말하게 될지 아무도 모른다

달리던 길들은 끊어지고
푸르던 나무와 나무를 빌딩과 빌딩이 지운 채
오늘 도시는 굴절되어 있다
이미 편지와 꽃들도
달려오는 길을 잃었고
서로 안부를 묻고자 안타까이 손을 내젓지만

아직 모른다
이 안개 어디쯤

산이 산을 엎고 달리고
강물이 강물에 겹쳐져 달리다가
떡갈나무 숲과 도란대는 물소리 어우러진 곳에서
오늘 그대를 안고 또 십리 밖에서 잠이 들런지

그대가 서 있는 자리

따사로운 햇살
뜰에 나가 빛을 모으면
볼록렌즈 안에는 수많은 심장이 뛴다
담장이 넝쿨 우거진 붉은 벽돌길
한 남자의 눈동자 안에서
나무 전체가 물들어 가는
영혼의 숲을 찾은 것도 이 길이었고
대지를 휘몰아치던 태풍 속에
새끼를 품던 어미닭을 본 것도 이 길이었다
빈 껍데기만 남은 논에 불길을 당기는
침통한 부성을 본 것도 이 길이었고
타닥타닥 타오르는 보름달을 보며
사는 것도 그러하리라 맹세했던 날도 이 길이었다

아, 나는 지금 이 곳에 살고 있고
과거에도 살았고 미래에도 나는 있다
억류된 자는 반드시 자유인으로 돌아온다는
가족의 역사를 배웠고
물한 방울 따뜻한 밥 한 공기 속에 숨은
자유를 향한 투지와 노고를 배웠으며
숨막히는 태양빛과 그 열을 가려주는 집에서
깨끗한 옷을 입고 사는 것이 죄스럽다는 것도
이 길에서 배웠다

인생에 흩뿌려진 검은 씨앗을 심는 사람들의
희망에 찬 애창곡을 배운 것도 이 길에서였다

인생은 고향의 추억을 간직한 채
고향을 거슬러 나갔다가
필사적으로 고향을 찾아가는
되돌아가는 여행이 아니었던가
물음덩어리의 인생
두리번거리는 나는
혹시 길을 잃어버린 것은 아닐까

가을이여 무거운 짐을 다 벗어버리면
나는 어찌 이 짐을 다 지고 갈 것인가

교회 풍경이 담긴 명일동

마음의 길을 따라 고향 안마당을 떠올리고 싶다면
명일동에 가보라
찬바람이 불면 시간 밖을 나는 새들이
나뭇가지와 이파리의 노래를 부르다 가는 곳
그 곳이 명일동이다
구절초 향기가 나는 사람들
연민의 세월을 건너오는 이야기가 있고
흙 내음이 그 향기 속에 발효하는 곳
그 곳이 명일동이다
교회의 문을 열고 가만히 앉아 있으면
빗방울이 후둑후둑 지나간 마당처럼
수건을 두른 어머니가 떠오르는 곳
그 곳이 명일동이다

동심을 키워주던 마음의 안방에 가고 싶으면
명일동에 가보라
어둠 속에서 교회 불빛이 새어나오고
지쳐 고단함을 내려놓고 싶은 곳
씨앗을 고르는 아버지가 떠오르고
요람에서 들은 아랫목의 노래가 아련히 들려오는 곳
그 곳이 명일동이다

마음의 나루, 명일동에 가면 보인다

물안개를 건너 온 물줄기와
산자락를 건너 온 강줄기
바위를 끌어안고 있는 사람
곡식을 부리고 앉아 있는 사람
짐을 이고 온 사람
무사히 강을 건너주는 뱃사공이 있는 풍경
그 곳이 명일동이다

명일동, 명성교회에 가보면 안다
어진 사람은 어짐을 내려놓고
지혜로운 사람은 지혜를 내려놓고
거장들은 거장을 내려놓고
빈 손은 빈 손을 내려놓고
산이 되고 물이 되고 합창이 되고
마음의 바위에 꽃이 피게 하고
마음의 사막에 물이 솟게 하는 곳
그 곳이 명일동이다

계절을 건너가며

내 인생에 둘레길
찔레꽃 따라가면

찔레향 번져가는 산길에 이르누나

솔바람 물결 소리
고즈넉한 돌담길에
그리운 시의 노래 실바람에 실려 오네

부모형제 함께 살던 나는 행복한 사람
어린 딸도 고이 자라나는 행복한 사람
흐르는 물에 손을 씻고
다람쥐 풍경 그려 님들에게 편지를 쓰면
푸르른 나무 그늘 계절은 깊어가리

귀 기울인 물소리는 내려놓으라 낮은 데로
내 인생의 한 페이지를
찔레나무 가지 위에 비둘기처럼 내려놓고
못 다한 이야기는
계곡을 따라서 물결 되어 흘러가리

둘

흙 묻은 시간을 딛고

저것이 무엇이냐.

나무다. 저 나무에 대한 정답은 무엇이야
'아름다움' '땔감' '식물세포의 집합' ...이 대
답 속에는 나무의 현존만 있다. 그러나 인식은
다르다. 우리는 비스켓 같은 지식위에 있는지
모른다. 건드리면 부서지는 지식. 저 나무의
경험 내용의 다양성을 어떻게 설명해야 할까
"나무이되 나무이지 않다" "나무이지 않되 나
무이다" 나무의 현존성은 나무 그것을 초극한
다. ......시의 시작도 그러했다.

들꽃 피는 언덕

노을이 가지런히 신발 벗어 둔 자리
곱게 곱게 물드는 고즈넉한 흙담
고운 하늘가에 피어나는 구절초
아홉마디 향기 맑고 그리움만 쌓여가네

물소리 바람소리
별이 뜨누나
꿈길에 만나본 어미는 잘 계시는지
그리움의 긴 이랑을 저어저어 가는 새여
어미소식 알거들랑 밤새 물어 오려므나

스러지는 밤하늘의 별들
얼마나 많은 이름들이 이 계절에 쓰러져 갈는지
이 밤 불러보는 별들도
밤알처럼 톡톡 내 가슴을 치겠지

나무 끝에서 새가 우누나
왜 너는 소식이 없는지
내 어깨가 밤이슬에 젖어 내리면
이 밤도 다 가고 말아
희미한 안개 하얗게 피어오르면
밤새 흘린 내 그리움의 눈물 사이로
야생화 구석구석 피어오겠지

바닷가에 와서

세상의 모든 것들로부터 내던져 졌을 때
파도는 밀려와 쓸쓸히 마음을 쓸고 간다
홀로 바라보는 수평선은
스러지는 바람이고 후둑후둑 치는 빗방울일 때
겹겹이 흘러내리는 파도를 타고
나도 나를 버리고 무너지고 싶었노라고
허문 것들을 허물고 또 허문다
그냥 허물어지게 두면 어떠냐고 부서져 내린다

가는 것들을 보내고
정녕 보낼 수 없는 것들도 보내드리고
세월따라 너도 흩어버리고
나도 나를 버리고 무너지고 싶었노라고
허문 것들을 허물고 또 허문다
그냥 허물어지게 두면 어떠냐고 부서져 내린다

내가 사는 것이 아니라
기진맥진한 쓰러짐 속에
신명의 춤이 나를 춤추니
애끓임도 애닳픔도 마구 버리고 살라고
파도는 처얼썩 철썩 가슴팍을 친다

아무런 거리낌 없는 자유와 춤이 되는 고통의 노래

사는 노래는 또 얼마나 쓰리냐며
꺼억꺼억 가슴을 쳐 내린다

여기가 나의 시작이든 끝이든
맨발로 맨몸으로 달려온 불멸의 땅
묵화 속에서 날아온 것 같은 새들 날고
파도는 밤바다를 휘몰아쳐 부서져내린다
산다는 건 어짜피 부서져 나가는 것
더 부서질 것들을 끌어안고 목놓아 부르짖는 것

인생이란 이름은 다 잃었어도 마져잃어야 한다고
휘감기며 일어서는 노래여야 한다고
허물어지는 것을 치유하는 것은 허물어지는 것
나도 나를 버리고 무너지고 싶었노라고
허문 것들을 허물고 또 허문다
그냥 허물어지게 두면 어떠냐고 부서져 내린다

공군으로 나는, 사랑으로 나는

비색 창공에 화살을 쏜 날부터
나를 움직이는 것이 무엇인지 알았지
내 안의 종달새와 내 안의 파랑새와 독수리
내 안의 정의 외침과, 평화의 사도와, 생의 환희와 찬미
내 안의 푸르른 산과 굽이굽이 물줄기와
끊어질 듯 이어지는 길과 광휘의 산맥
그리고 사랑의 이름으로 불러 본 모든 것들

잊을 수 없으니 잊지 않으마
놓을 수 없으니 놓지 않으마
한계상황에 초연하며 눈부시게 지혜롭고
눈동자와 날개를 가진 이들의 어머니, 창공에
손을 포개어 맹세하마
희망이 되어 희망을 얘기하마
기적이 되어 불사조의 기적을 얘기하마
그대 곁에서 한 송이 꽃이었던 순간과
그대가 내 전부였던 순간도
끝-끝내 사랑으로 노래하마

노병의 기억 속에서, 뭇별들의 심장 속에서 살아남으마
1월의 눈꽃 속에서, 봄날의 연분홍 대지 속에서
6월의 폭풍 속에서
가을 날 하얀 억새의 순정 속에서

끝내 살아남으마

자유와 평화
온 생애와 기쁨 위에
그대의 그렁그렁한 감격의 눈물 속에서
정녕, 정녕코 지지 않는 저 창공의 꽃이 되마

바람 속을 걸어가며

살아온 날의 걸음을 모아온 오롯한 산 길
아스라한 기억들을 모아
빈 가슴 허공을 맴돌다 핀
야생화 한무더기 피어있다
주홍빛 날개로 내려앉은 대지는
키 작은 생명체들을 바람에 흔들고
바람이 한번 훑고 지나갈 때마다
혹 아려오는 가슴의 파열이여

바람이었던가 메아리였던가
무한히 큰 산이 안고 있는 무한히 작은 산들
못다 부른 노래는 바람이었던가
흙냄새, 풀냄새나는 생의 둘레
결코 포기할 수 없었던 이름들은 꿈이었던가
눈물겹게 소중한 것들도
막막한 끝끝 잡을 수 없었던 사랑이었던가

인생이라는 꿈속에
혁명과 피비린내와 아우성이 있었고
아궁이 모닥불 솜이불 같은
따뜻하고 아린 추억도 이슬처럼 달려 있었지
세상이라는 갯내음 속에는
오두막과 기운 어망도 걸려있었고

미역과 다시마 같은 기적도 잡아 올렸지

다시오소서
보낼 수 없었던 날들이여
뿌리로 살아서
물소리 바람 소리로 부딪쳐오소서
말씀 속에 사무쳐오소서
긴 포옹을 나누고
괜찮다고 괜찮다고
여전히 노래는 끝나지 않았다고
아직 다 잃지 않았다고
살아갈 이유는 아직 바람 속에 남아있다고

포커스

허름한 골목을 지키는 그림자
노인, 어린이, 여인, 굽은자
흙담 아래 스러진 어깨 짐진 뒷모습
가슴 밑바닥 흘러가는 외딴집 홀로된 노인의 코스모스
마른기침 부대끼는 갈대
밤바다 등 달고 떠나는 낡은 부두 고기잡이 배
그리고 해가 돌아간 뒤 호젓한 그리움 건너
조용한 기다림으로 피어나는 풀잎 물방울

구석진 언덕이 기다린 것은 빛 이었어
절망의 계단을 슬퍼하지 않으며 스스로 밝아
부드럽고 깊고 연한 따스한 손길
스며들어 감싸 안는 저 엎드린 고난의 빛

뿌리 깊은 강은 아무리 흘러가도 비워지지 않았지
바다는 결코 넘치지 않았어
그늘도 속삭임도 마른 가지에 머문 햇살도
정말은 돌아올 언약은 없어 그저 각자
오래 방문하지 않아 서먹한 자신의 길을 떠난 거야
밖의 꽃과 내 안의 나무가 다르지 않았고
밖의 소란과 내 안의 침묵이 서로 다르지 않았지

막혔던 숨을 좀 쉬어볼까 이쯤에 서서

봄날부터 고추가 익어가는 시간을 기다려볼까
한 알의 씨앗이 익어가는 가을까지의 여정은
가슴 아픈 일 세월의 담장이 허물어져가는 일

해마다 다시 불러줘 이 가을 속으로
무게를 달고 결실을 담아내는
준엄한 절대의 시간 속으로

결 고운 미세한 빛의 초입자가 쏟아지는
향기를 품고 있는 어머니 대지에 렌즈를 열 때
그대여 다시 보여줘
우리 안에 갈무리진 온전한 빛이 있으니
천하가 다 그 빛 가운데 있다는 것을

참된 만남

길을 가다보면
이런저런 빛깔의 만남을 갖게 될 거야
어떤 만남은 죽어가는 친구를 살리는가 하면
어떤 만남은 좋은 선택을 파멸시켜
애벌레가 물 위에 떠올라 수초 잎사귀 위에서
그물의 실루엣 같은 날개를 가진 잠자리로 변했어
가시나무새는 가시에 찔렸을 때
가장 구슬프고 아름다운 노래를 부른데
설리반 선생님 없이 헬렌켈러가 있었을까

내게 무엇인가
오래된 길에서 만난 스승이여 벗이여 그대여
나는 기대한다
워즈워드가 무지개를 발견한 호수와 만날 수 있기를
잃어버린 시간을 찾아가는 프로스트와
헝가리 광시곡, 짚시들의 열정과 애수를 그린
그리그의 영혼
오직 물이나 성인은 다루지 않는다는 노자와의 만남을

그대여 나는 이 길을 걷다가 만나고 싶다
슈바이쩌의 삶의 외경
아프리카 람바레네 달빛속에 애잔히 흐르는
오르간 소리를

아프리카 밀림의 애절하고 절박한 존재들의 떨리는
울림을 듣고 싶다
헷세가 오르내린 테신의 언덕
오래된 고풍이 숨쉬고 종려 나무가 우거지고
오래된 담장의 넝쿨과 호수의 안개가 피어오르던 그
곳을
호세카레라스의 새와
마태의 수난곡, 피가니니의 소나타와, 운명의 힘도
이 길에서 만나고 싶다

친구이자 스승이면 조용한 위안자인 그대여
그리하여 내게 보여주려므나
만남을 통해 우리가 얼마나 행복해질 수 있는가를
소음이 가득한 도시의 황폐함
포용과 안위를 원하는 이중구조의 소용돌이 속에서
매일의 기적을 가슴 속의 경이로 간직하고 싶다
그대가 거기 늘 푸르게 있으므로
지혜의 오솔길을 걷는 영혼, 사랑 안에 빛을 쬔 영혼
가시덤불을 헤치고 거기 인생의 향기로운 꽃 넝쿨을
그대를 통해 보고 싶다

아궁이 앞에서

밥은 물속에 들어간 쌀입니다
밥은 타오르는 불꽃의 열매입니다

나의 살도 피도
나의 함성도 혁명도
물속에 고이 잠긴 쌀이게 하옵소서
내 생명의 태동에서부터 껄끄러움 뿐이었으니
당신의 끓어오른 열의 감싸임 속에서
찰지고 윤기 흐르는 순결함으로
새롭게 태어나게 하옵소서

그리하여 내 완전한 만남은
더 이상 빼앗길 것 없는 빛없는 식탁에서
원초적 입김도 온전히 내어주고
부드럽고 따뜻한 힘이 되게 하옵소서
당신의 잘 익은 밥으로 쓰시옵소서

달빛 젖은 강

生이란 정상을 두고 다다라야 할 그 무엇 아니고
춤처럼 살포시 디뎌 음미할 그 무엇이라면
너의 휘어지는 곡선을 타고
달빛 서정으로 돌아서 갈꺼나

젖어 흘러간다는 이야기는
가다가 차오르는 쓸쓸함을 풀어가는 여정
갈대 밭에 이르러서 꺼억꺼억 울음을 토해놓고
흔들리는 목선을 타고 가다
참혹히 난파된 강 끝에 이를 때는
희망조차 없이 통째로
나를 마져 비우고 갈꺼나

노란 손수건

- 노란 손수건에 담긴 사연 -

나는 편지에 써 보냈네 아직도 나를 사랑한다면
느티나무에 노란 손수건을 걸어달라고
그게 없다면 차에서 내리지 않고 그냥 지나쳐가겠노라고

눈부시도록 아름답고 사랑스런 그대여 나는 당신을 잃
고 싶지 않아
10년이란 긴 세월 그대는 내 애인이었네
어둡고 답답한 생활 속에 태양이었던 그대
낮이나 밤이나 그대를 그리워하며 긴긴 날을 보냈지

언덕 하나 남겨두고 긴장의 침묵이 흘러갔네
내 10년의 세월보다 더 긴 세월이었지
너무도 긴장한 나머지 밖을 내다보지 못했어
떠들던 친구들도 키타를 치우고
햇살 꽂히는 푸른 언덕을 바라보았지
점점 마을이 가까워 오면서 환호성이 터졌네
늦은 햇살 바람에 나부끼는 노란 손수건
느티나무 한아름 나뭇잎 숫자만큼 달려있는 손수건
내가 그곳에서 당신의 모습을 발견했을 때

아, 이 세상에서 가장 아름다운 여인
금강석처럼 빛나는 사랑의 결정체
감정은 고통으로 일그러지고 눈물을 닦지 못했네 내
사랑아

발아래 속삭임

내 발아래 일직선 상처를 말하마

가녀린 햇살이여 어깨를 떨던 기후와 문을 걸어 잠근 이끼
침묵의 습지와 고독한 태엽을 감는 심연
생의 대지는 늘 그러하였으니
아, 애초에 위태로웠다
굶주린 자유와 뜨거운 혁명의 사랑을 체험한 님에게
주먹진 손만큼의 심장으로 감당하기에는

그리운 햇살이여
살아남아야 할 무성한 이유가 있다면
저 풀 숲의 꽃들에게 양보 했다고 치자

낮고 어두웠으나 경건했고
약하고 냄새나나 부드러운 흙과 같았던 저 생의 공동체
대나무처럼 비울 줄 알고 버릴 줄 알고
마디 마디 끊어 주며, 곧게 서서 함께 사랑했던 님이시여
물빛 청정한 바람소리 다시 일어나니

찻잔 그늘 같은 잔잔한 여운 드리우며
들리노니 웃으시는가, 노래부르시는가, 축복하는가,..
맨발아래
일직선 상에 놓인 삶과 죽음은 부당 하다고

텍사스 파머스빌 604번지

내 가슴에 매달린 한 캐럿의 진주는 떠났다
엄마와 딸로 살아온 열다섯 해는
할말을 잃어 식어가는 찻잔 두 개 덩그마니
하얀 안개꽃 여릿여릿 흔들고
아련히 떠나가는 비행기의 추억이길 바랬다

끝과 시작 사이에 상처 없는 인생이 있었던가
한 번도 불러본 적 없는 크리스티나란 이름을 가슴에
달고
가시를 삼킨 태양
선인장 같은 8월의 여름을 건너
사막의 땅 텍사스 파머스 빌 604번지로 날아갔다
쉐리Cherly와 찰리스Charles와 클레어Claire가
기다리는 땅
사막에 핀 장미 꽃 한송이 같은 농장

누가 내 이름을 불러다오
누가 내 이름을 허공에 핀 꽃이라 불러다오
누가 내 이름을 아무리 소리쳐 불러봐도
대답없는 메아리라고 불러다오

누구에게나 한번 뿐인 짧은 생이라 하지 말고
인생도 사막도 텍사스도

한번 꿈이라 하지 말고
허공에 핀 꽃으로 꽃이 된 엄마와 딸로
단 한번 뿐인 노래도
생의 영원한 노래라 불러다오

세월

세월은 믿음의 벗
아무 것에도
위로 없는 시간
흙, 바람, 물, 불
어느 것으로도 홀로 서게 했다

세월은 소망의 벗
혼돈의 검은 두 눈 속
까마귀가 날아드는 시간 속에 서 있어도
앓는 몸속에서 아이를 잉태했고
집나간 자를 가족 품에 되돌려 주었다

세월은 사랑의 벗
햇빛을 쬐어
아이의 무릎을 세워 사슴처럼 뛰게 했고
순간의 삶이 전체로 사는 일에
최선의 동반자가 되었다

햇살같이 따스한 풍경

　"나는 아침에 일어나면 집안 마당이나 바람같은 곳에서 어릴 때의 고향집 그 풋냄새가 나야 안심이 든다. 그러나 그곳은 이땅의 중심이 아니다 끈적끈적하고 냄새나는 곳이지만 그러나 내 의식의 중심에서 분출구처럼 살아오른다. 그 별볼일 없는 공간이 나를 움직인다."

　......여기 몇 편의 가족이야기를 내려 놓는다 '모세가 신발을 벗은 곳' 같은 '거룩한 공간'과 '일상적인 공간'의 만남이다. 그 곳에 고향의 거장 어머니의 미소가 있었다.

징용군의 노래

나 여기 찾아왔네 내 고향에
앙상한 몸으로
늙은 소나무가 나를 기다리는 곳
햇살 눈부셔 가지마다 눈물 끌썽이는 이슬방울
젊은 날 순정 오라로 묶인 채 끌려가
얼굴에 사슬 자국
개척리 기슭에 왔네

아와모리 철광에 징용의 옷 벗어두고
끌던 신발 검은 땅에 묻고
갈라진 나라의 가슴 한 켠
나 여기 찾아왔네 말 더듬 거리며

꽁꽁 얼어붙은 밥덩이 사그락 사그락
하얀 죽음을 뒹글던 징용의 시간
나 고향에 돌아와 내 땅에 엎드려 묻노니
황토 빛 세월, 갈라진 산하, 부모는 어딨는가
젊름 거리던 역사의 뒤편 지팡이 벗삼아 서서
나 다시 묻노니
갈라진 조국아, 너의 고독한 눈길
끝내 끝끝내 절망마져 끝나버린
너는 정녕 내 꿈을 잊었는가

칠순 잔치

엄마의 잔치상을 차렸습니다
마을에 죄 불쌍한 노인들만 사는데
무슨 낯으로 잔치를 하느냐고 손을 저어서
아주 조촐한 아침 밥상입니다

딸 아들 조금씩 만들어온 음식에
케익불을 밝히고
모두 서서 축하 노래를 부릅니다
할머니 품에 안긴 손녀가
호! 하고 바람을 불었습니다
다시 불을 켜고 생일이 같은 이모를 위해
또 한번 노래를 불렀습니다
쑥스러워 하는 이모를 위해
손녀가 또 한번 호! 바람을 불었습니다

사진을 찍느라 한바탕 부산을 떨었습니다
사진은 한 장 만 있으면 된다면서
이제 그만이라고 손을 내젓는 아버지
그래도 몇 번 더 번쩍! 번쩍! 불빛이 터졌습니다

선물이 쌓입니다
옷도 있고 카드도 있고 금반지도 있습니다
평생 별 선물 없이 사신 아버지

아버지도 호주머니를 뒤적뒤적
무슨 선물이 나올까 궁금해 모두 머리를 맞댑니다
......그러면, 그렇지!
다들 한바탕 웃음을 터트립니다
미국 유학간 오빠의 생일 축하 편지였습니다

손주가 또박또박 읽어 내려갑니다
엄마는 아주 행복해 하셨습니다
늘 꿈에서도 보고싶어 하는 아들의 편지
은혜가운데 건강과 축복을 비는 편지는
부족함 전혀 없는 아버지의 선물이었습니다

잔치가 끝나고

잔치는 끝났습니다
모인 사람들이 흩어질 시간
서울로, 인천으로, 수원으로
다들 떠날 채비를 했습니다
농산물을 보따리보따리 들고
잘들 가거라
아버지의 인사는 언제나 짧습니다
표정도 언제나 한결같이
약간의 미소를 띤 채
엄마는 걱정스런 표정으로 당부 말씀이 가득합니다
밥 잘 먹어라
애들 감기 걸리지 않게 해라
쉬면서 일해라
운전 조심해라
여기 걱정은 하지 말아라
창문이 닫혔어도 창 밖에서 말하고
창문을 열라해서 말하고
차가 출발해도 따라와
휴게소에서 사먹으라고 돈을 또 주고
땀 닦으라고 엄마 손에 쥔
땀내나는 손수건도 차에 던집니다

나중에는 코 닦으라고
손에 쥔 꼬깃꼬깃한 휴지도 던집니다
노인들 걱정말고 자기 할 일들이나 잘해라

언제나 만남과 헤어짐은 이렇게도 아쉽습니다
훗날의 만남은 소망 가운데 남겨두고
따스한 추억은 가슴속에 간직합니다

어머님의 길

두두리는 빗방울 소리처럼
따스한 햇살의 미소처럼
포근히 안아주고 요람을 흔들어준
당신은 사랑의 화신이죠

쓰러지면 두 팔로 일으키고
눈물지면 뜨겁게 감싸주고
엎드려 기도하고 땀 흘려 밀어주신
당신은 믿음의 승리자죠

어디 있든지 무엇을 하든지
당신은 내 생의 열렬한 응원자
어디 있든지 무엇을 하든지
당신은 내 생의 영원한 선구자

보이지 않는 것을 믿으며
바랄 수 없는 것을 바라며
사랑은 삶의 이유
사랑은 살아갈 이유

어머니, 살아가는 날들은 모두가
누군가의 빚을 진 사랑의 흔적이죠

울아버지

나라 잃은 시대는 몸이나 마음이나 영혼도 잃는 것

어릴 때 부모 잃고 날마다 부모 산소에 가서
자기도 데려가 달라 울었다는 울아버지

살아갈 이유가 돼준 어머니 만나
고향가까이 고향 사람들과
고향의 풍경으로 살았다가
징용으로 아와모리 탄광에 끌려갔다네

씹을 수 없는 꽁꽁 언 밥 한 덩이가 하루 식량
땡땡 언 추위와 죽음의 문턱을 넘나드는 배고픔
죽도록 맞아가는 핍박, 시커먼 탄광
꿈의 뼈를 맞추어야 다시 일어설 수 있는 하루하루

죽어 나가는 동료들 가슴에 묻고 내 땅을 밟았을 땐
태극기도 새벽을 기다린 목마른 외침
만세! 만세! 대한 독립 만세를 외쳤다네

해방된 내 나라가 너무 좋다고
호국 영령들이시여 너무 감사 하다고

창문을 열어 달라하네
누워서라도 거수 경례를 올리고 싶다고
누렇게 익어가는 내 나라 들판을 보고 싶다고

옥희 이모

결혼한지 칠년만에
이모가 휴식년을 맞았어요
그 동안 독서실을 운영하며 살았지요

학생들 시험에
입시생 입시에
고시생 고시에 함께 시달리며
아이들 독서실에서 키웠어요
누워 잠잘 날 없는 생활전선
매일 자신과의 전쟁 이었다네요
거지도 찾아오고
술꾼도 취해 들어오고
아이는 계단에서 떨어지고
주인은 독서실에서 살림하려면 나가달라 하고

생전 오지 않던 낮잠이 쏟아진대요
이모부가 직장에 나가 일하게 된 뒤로
긴장이 풀려서 잠이 쏟아진대요
셋째를 가졌는데
무거워 걷기도 힘들대요
전쟁 아닌 날이 없는 것 같대요

달무리진 밤을 보았대요

안개에 가려진 달도 멋지게 보인다하네요
빛을 가리우는 구름도 어우러져 멋스런 동반자래요
달 아래 있으면 어스름한 빛도
나름대로 숨결과 위안이 있어
달빛을 그윽하게 내려준대요

어머니의 목소리

길거리 밤길에 쓰러졌을 때
지나가던 발길도 끊어져
손발도 차갑게 식어갈 갈 때
귓가에 들려오는 목소리
등을 내게 기대라

세상은 혼자 못산다
서로 기대어 몸을 녹여주고
따스히 웃어줄 때
차가운 심장이 뛰는 거란다
등을 내게 기대라

높이 자란 힘센 나무도
와서 우짖는 새가 없다면
사막과 다를 게 뭐가 있겠냐
힘들 때일수록 등을 기대어
사랑의 짐을 서로 나눠라

 넷

미완의 변주곡

노래를 듣고 있으면 노래가사가 마음을 쓸
고 간다 ……'사랑도 이상도 모든 걸 요구하는
것 모든 걸 건다는 건 외로운 거야…… 묻지마
라 왜냐고 왜 그렇게 높은 곳까지 오르려 애쓰
는지 묻지를 마라……'

홀로 지는 꽃

안으로 귀 열고 밖으로 입 닫아
비구름 흐르는 하늘
꿈을 떨구고 떨구고 살아온 나날
버림과 허믐
절망만으로 다함 없는 세월
위로 없이 갈 길도 없이
울음우는 가여운 새, 젖은 돌
발길에 채인 여백도 큰 한몸으로 붙들고
그대 내게 침묵으로 말하는 것
채움과 비움의 총량은 같다는 것

참된 쓰러짐이 어디 있는가
애타게 해를 기다리지 않고
수수수 지는 무정한 사랑아
참된 끝이 어디 있는가
처음도 바닥도 없는 허공 흙바람에 나는 까마귀 언덕

오, 그대여
삶의 긍정이 있다면 여기
풀밭의 축복, 가녀린 순 모음의 들꽃이마
손 짚으며 명상에 잠긴 비의 물방울들
아직 눈뜨지 못한 씨앗의 꿈틀거림을 위하여
폭 썩어진 배설물을 뒤적이는 미세한 바람들
그리고 멀리 있는 흰 창문들
홀로 타는 촛불의 영원한 그리움들

사막을 건너며

피닉스에서 샌프란시스코로 가는 비행기 안
연애의 출발은
어느 날 갑자기 너 없으면 죽고 말아 라는
김경린 노시인의 연애론에
난 그저 조용히 미소를 띠며
창밖의 석양을 바라보고 있었다

사랑하는 이를 생각하는 순간
깊은 숙연함이 감돌고
손끝을 아리는 둥지, 새의 날개죽지가 만져지고
목청을 떠는 가느다란 새의 소리를 비행기 소리에서
들었다
그리곤 나도 모르게
이름 하나를 손바닥에 지긋이 눌러썼다

비행기가 네바다 사막을 건너는 사이
시인은 다시
사랑은 굶주림이요 끝없는 고통을 주는
열병이라고 했다
미소를 띠고 고개를 끄덕이며
나는 다시 한번 네바다 사막의 석양을 바라봤다

붉고 보랏빛으로 변하는 사막의 노을

광부들이 갱에 들어가기 전 날려보낸다는 카나리아와
갱 입구에서 광부들이 숨죽여 듣고자 했던
카나리아의 노래 소리를 생각하고 있었다

갱의 깊은 레일 속으로 바퀴를 돌려가는 소리
잔잔히 떨고 있는 손끝
그리고 비행기는 떠는 여자의 어둡고 우울한 갱로를
밀어가듯
덜컹댔다
비행기가 날개를 접지 않는 한
네바다 사막을 건너는 허공에서
카나리아는 노래를 멈추지 않을 것이다

을왕리 바다

바닷가를 달렸지요
밤하늘에는 고호의 별들이 엉키며 꿈틀거렸고
피카소의 악사가 튕귀는 청색과
검은 바다의 키타 선율을 들었어요
슈베르트의 무거운 애수가
마음속에 흘러드는 밤이었어요
우리가 찻집을 향해
깜박이는 주황색 불빛을 따라갈 때
휠더린의 풀잎이 바람에 떨고 있었지요
방파제에 뜬 초생달
개들이 컹컹 짖는 스페인 광시곡의 외로운 밤

뭔가 한없이 그리우면 달려오세요
갈대를 헤쳐 을왕리로
영혼의 무게를 느끼며 나무가 제 그림자를 드리운
방파제를 지나서
아슴아슴 황혼을 넘어가면
불확실한 미지를 향해
주황색 불빛을 켜 놓은 찻집
거기 우리가 남겨 놓은 찻잔 속에는
파도를 타고 흐르는
살아가는 날들의 애상곡이
애절히 흘러가고 있을 거예요

하오의 물빛 재회

그땐, 사랑이나 진실이나 목이 메어오는 것 까지도
냄새나는 거름 덩어리의 산물이었다고 말하고 싶었
지만
생각을 깊게 가라앉히고 두텁게 하는 데는
모성적인 시간 속의 따뜻한 부데낌들이 있어야했죠

맷돌을 돌리는 일이나 접시를 닦는 일이나
헤진 구멍을 기우거나 단추를 다는 일
4B 연필로 고향 언덕이나 어머니의 휘어진 등
성자의 핏기마른 손을 뎃상하거나
내 안쪽 땀과 눈물이 곡선을 돌다보니
움푹 질퍽한 세상사도
유리창을 통해 사물을 감지한 것 같은
담백하고 미거한 날이 온거죠

이제 저 갈대의 목이 다 쉬기 전에
가 봐도 되겠습니다
지금은 기뻐하고 기뻐합니다
굵은 눈물을 삼키며
움푹 패여있는 곳에서도 기뻐합니다
웅덩이나 우물 호수나 바다 술잔이나 님의 눈동자는
가슴을 열어 품고 고이 흡수하는 애정을 물리울 때
이울고 부풀어 오르는 자유로운 춤과 에너지
우주의 달로 가득 채워질 수 있을 테니까요

내설악의 겨울

눈송이가 주먹만한 겨울
저릿저릿한 추위
낭랑한 까마귀 소리

산장에 문을 못 열어
터널을 뚫은 겨울

세인트버나드 개
두 귀를 척 늘어뜨린 설희, 설국
썩은 나무 짐을 싣고
설희야 설국아 집에 가자 등을 치면
아득한 동화 속 하얀 세계를 달려
해질 무렵
잿빛에서 연분홍 눈빛으로
덮인 산장에 다다른다

첩첩 눈은 쌓이고 쌓이고
겨울 산에 갇힌 늙은 키타맨이 뜯는
내설악 6개의 옥타브

원시림을 흔드는 시베리아 기단의 광기
극도로 차가운 절벽의 상승과 추락
통신 두절과 뼛가루들의 영성
타 내리는 촛불
계곡의 쉼과 포옹 그리고 꿈

그대 안의 블루

그대는 내게
커피향과 빵내음이 스며나는
향긋한 거리, 희고 푸른 테이블
부서지는 보랏빛 햇살같은 사람

그대는 내게
담쟁이넝쿨을 타고 오르는 향수의 시
파도의 추억을 가슴에 간직한 해변의 언덕
석양이 속눈썹을 길게 드리운
가을날 노스텔지어 같은 사람

그대는 내게
설레는 눈 빛
서늘한 가슴을 타고 내리는 눈물
내 안의 히말라야를 도는 바람
타클라마칸 사막
모래바람 속에 사라져간 고대 왕국
천세불변이라 쓴 누란의 비단
그리고 영원한 사랑을 꿈꾸는
언덕 위 하얀집 카사블랑카
파도에 파닥이는 푸른 달 빛
그 초현실의 빛과 같은 사람

그리운 사랑 있어

밤을 새워 길을 찾아 떠났지만
모두가 길을 찾은 건 아니라네

아무도 가지 않던 그 길은
걸어가는 자의 길이 되었지

잔을 몇 잔 비워야 비로소 석양은 출렁댔어
석양에 물든 잔을 몇 잔 더 끝모를 바닥에 붓고
외로운 기타 한 줄 한 줄을 튕길 때
악기의 깊은 샘에서 들었지
심장이 떨리는 고동소리를

목마른 길은 목마른 자에게 열리고
실연을 부둥켜안던 먼지도 모여 몸을 이루리

길을 가는 자는 길에서 잠든 사랑 있어
가다가 새가되고 노래가 되고
길을 가는 자는 불타는 그리운 사랑 있어
바람으로 떠돌다
폭풍으로 변하는 이유가 되고

경동의 빛

하늘에 뜨는 별 만큼
경동의 가슴에 별이 뜬다는 것을 알았다

아침 이슬같은 양심이 경동의 기수
진리의 바퀴가 경동의 발걸음

정의의 눈동자가 독수리처럼 빛나는 경동
자유의 발걸음이 서리꽃처럼 피어나는 경동

고난의 역사 속에서 선각자이시며
캄캄한 세상 등대를 밝히는 선구자이시네

장대히 흘러가라 경동의 별들아
장구한 대한의 역사 속
원대한 꿈의 날개를 펼치고
억 만 년 이 땅의 햇불이 되라

사랑과 희망의 노래로

자취를 더듬어 교정을 찾아가다가
새의 노래를 들었네
어둠이 드리워지는 나뭇가지
두 발에 눈이 쌓인 새
희망에 대한 시작의 노래와 생명이 움트는 사랑 노래
새는 노래하는데
왜 가슴은 이토록 아파 오는가

밤은 살아 움직이면서
스스로의 역사를 만든다는 말이 맞는가
검은 고양이의 눈동자처럼 번뜩이는 예지를 가졌던
밤은 왜 정년이라는 혁명탑에 이르러서는
눈시울이 붉어져 오는가
희망이라는 이름으로 어떤 상황에서도
그대 곁을 절대 버리지 않겠다고 맹세한 시는
흔적이 머문 어느 구석에 로제타석이라도 세웠단 말
인가

교복을 입은 학생이 지나가네
가슴에 품은 듯한 새
희망이라는 따뜻한 알이 내재된 새를 쓰다듬으며
그를 붙잡고 물어봐야지
폐허를 딛고 날아오르는 불멸의 새 피닉스는

그의 심장에 수만 개의 별이라도 품고 있는 것이냐

처절한 고통과 맞바꾼 아름다운 노래
가시나무새의 전설이 또 있다면
여기 기록해 다오
참 행복했노라고 그대가 함께 있어서
사랑과 희망에 대한 교육과 시의 노래는
눈물겨운 여정이었다고 삶이었다고
그래서 눈시리게 빛나고 슬프게 아름다웠노라고

스승 조요한 박사님께 보내는 편지

잘 들어가셨는지요
야생초들이 가만가만 피어있고
나무에 새들이 재잘대는 빛살 고운 아침입니다
아픈 듯 보여서 걱정을 많이 했습니다

아침 신문을 펼치니 박재삼 시인의 타계 기사가 실려
있었습니다
문협 추천난에 서명하고 도장을 찍어주셨던 시인,
울음이 타는 강을 읽으며 무심한 세월을 안타까워 했
습니다
하늘도 위로를 내리시는지 시집을 마음 다 담아 읽게
했습니다

건네 주신 철학 에세이집 〈예술을 사랑하는 마음〉과 〈지
혜를 사랑하는 마음〉 반 정도 읽었습니다. 책을 읽으면
서 내 인생 여정인 냥 행복해 했습니다. 모든 인생길이
감사와 사랑, 살아가는 모든 날들이 경의에 가득차 있었
습니다

한국일보 김성우 선생님이 쓰신 세계문학 전집 1.2권
을 틈틈이 읽고 있습니다. 가지 못했고 만날 수 없었던
세계 예술인들과, 그들이 살며 사랑했던 발자취를 애뜻
하게 더듬어 가고 있습니다.

코브존의 백학을 말씀하셔서 노래 내용을 보내드립니다.
반야월작 산유화도 보내드립니다.
탑골이라는 카페에 앉아 한 시인이 부르는 산유화
애처로움에 한 시인이 우리 모두 철뚝가에 가서 죽자
라고 말해
우리 모두는 아침이 올 때까지 함께 있어야 했습니다.
밤은 텅 비어있는 자리마다 별들을 데리고 나와주었습
니다

전화가 잘 안 되는 날은
엽서를 보내주십시오
이리 저리 찾아다니며 책 구해 드리겠습니다

고통과 아픔이 많았지만 살아있는 날들은 늘 은총인
것 같습니다.

......내려온 긴 머리칼 하나 보았습니다. 철학과 미학의
뿌리인냥
뭐냐고 물으니 웃으며 옷 칼라 안으로 집어넣었습니다

따뜻한 은총이 지혜의 높은 산맥이신 박사님과 언제까
지나 언제까지나......

6월 푸르른 날. 안나

향기 어린 밤

언어가 물속을 차고 뛰는 맑은 물방울의 깊은 울림을
시가 걸어가야 할 길 위에
흙빛 문단의 바퀴에서도 듣고 싶었던 것일까
어떻게 하면 저 땅을 가난한 자들에게 나눠줄 수 있
을까
자루맨 간디의 맨발과 지팡이를 그리워했다

소렌토 항구를 열창하는 파바로티와
베토벤 교향곡을 춤춘 이사도라 던컨의 맨발은
향기어린 그 밤
울산 아가씨를 열창하는 부산의 구연식 시인과
부르스를 따라 춤추는 신시인의 맨발과
사뭇 무엇이 달랐단 말인가

오렌지 향기 날리는 제주도를
한 열흘쯤 달려봤으면

부산 구연식 시인께 보내는 엽서

곧 일어서 걸으소서
인간은 패하지 않는다 했으니
막힘없는 언변과 논리의 만리장성들
이국 땅, 불타는 고목의 가로수와
그 깊은 근원 실존의 명제들
시와 선율과 그림으로 잠들지 않았던 열정들
일어서 다시 걸으소서
신새벽을 뚫는 일출의 시들

노르웨이 스크룩 합창단이 노래합니다
불타게 하소서
신의 자비로 뼈와 살에 생기가 돋고
천상의 은총을 입어
자연의 꿈틀거림에 수혈을 받아
하얀 꽃을 던지며 길을 놓은 저 겨울이 끝나고
시가 초록빛 창문을 열어 새들을 날려 보내면
봄날은 종이조차 잉크빛이외다

서점에서

낮이 짧아지고 한뼘한뼘 밤이 길어지면
사람들은 서점으로 가요
발길 닿는 대로 터벅터벅 걷다가
사르르 주저앉더라도
책으로 바람을 다스리며
길에서 잠들지 않으려는 거죠

흙을 다독여 묘목을 심던 일흔일곱 노년은
저술했던 백 권의 책을 대신해
우리에겐 꿈이 있어요라며 어린이들과 만났어요
책 속에 난 길을 따라 첨벙첨벙
물을 길어 나르던 열한 살 소년은
넘실넘실 보리처럼 자라 중학생이 됐고요
찰랑찰랑 머리칼 쓸어 넘기며 땀을 닦던
아침 이슬같은 소녀의 미소는
책과 텃밭사이
지난 날 여고시절의 가슴에 남아있어요

봄날은 기억 속에 머물고 여름엔 키가 자라
잠시 앉아 엽서를 써요
줄기를 당기면 토실토실한 알감자가
주렁주렁 매달려 나올 것 같다고
책을 읽다 책속에서 길을 잃어도 좋을 것 같다고

한장한장 넘기면 신록의 물결 휘파람, 휘파람
가을 속으로 걸어가면 겨울은 아직
혼자 있어도 외롭지 않은 우리들의 미래인거죠

서울대 전철역

나는 꿈을 꾸어요
세월이 흘러도 그 곳으로 가는 꿈
숨차게 계단을 뛰어 오르면
사과 향기 웃음을 띤 그대의 기다림
10월의 가을 하늘, 그 눈부신 희망처럼
내가 살아갈 이유를 발견하는 절대적인 곳이었죠

나는 꿈을 꾸어요
겨울날에도 그 곳으로 가는 꿈
숨차게 계난을 뛰어 오르면
소나무 같은 향기를 띤 그대의 기다림
눈을 인 12월의 거울 하늘, 그 눈부신 희망처럼
내가 살아갈 이유를 발견하는 절대적인 곳이었죠

그대의 창을 닦으며

태양은 하늘에서 빛나고
그 열꽃의 한 잎이 내 가슴에 닿을 때부터
어느 한 몸부림에서 어느 한 몸부림까지
무언의 무한한 대화 속에서
그대는 내게로 온 하늘이 준 최고의 선물이다

가끔 인생은 기다림이라 생각했다
죽은 듯 고요한 정적 속에 와서
작은 산새가 찍고 간 발자국처럼
그리움은 호젓한 길로 걸어온다
싸락싸락 내려 쌓인 눈길을 밟고
만남은 어느 먼 길을 돌아서 온다

인내의 시간을 걸어온 연인이여
이제는 그대의 창을 닦으며
나는 참으로 검허한 생의 둘레를 갖고 싶다
요란함 보다는 변하지 않는 색의 크기로
화려함 보다는 싫증나지 않는 웃음의 넓이로
누추하면 누추한 대로 부족하면 부족한 대로
오래 견디며 쉬 꺾이지 않는 깊이로
한 평의 양지바른 행복을 가꾸고 싶다

종교철학과 동창

우리는 조요한 박사님의 서양 철학을 함께 들었네

알렉산더가 고르디안에 갔을 때
신관은 신전의 전차 기둥으로 안내했다네
기둥에 전차가 묶여 있었지
고르디안의 매듭을 푸는자가 아시아를 지배한다
신관이 말했네

알렉산더는 매듭을 풀려했지만 여의치않자
칼을 꺼내 잘랐다네
코스모스를 지향하는 운명은 오직 목숨을 거는자

그때 우리는 힘없는 학생이었지
묘목처럼 작은 나무였었네
홍윤 전도사는 앞을 못봤고 완구 전도사는 너무 가난
한 시절
나는 앞도 보이고 가난하지도 않았지만 방황을 했지
그러나 다들 뭔가는 잃지 않았어

세월이 흘러 다시 만났을 때
우리는 혼자 안아볼 수 없어 다같이 안았지
아름드리 나무처럼 훌쩍 커버렸으니까

　홍윤 목사의 아이들은 셋이나 됐고 치과 의사도 있었
다네
　물론 장애인들을 위한 사업장도 있었지
　완구 목사는 외고 다니는 아들도 있고
　작은 포구도 가까이 두고 바다도 잠시 걸으면 보인
다네
　봄비가 내리는 날 얼마쯤 걸으면 되는 길
　단비가 마른 땅을 적시는 길에 우리는 살고 있다네
　철학과 동창, 서로의 기억을 따라가면
　철따라 피어나는 과일의 꿈을 안고 있었다네

다섯
동심의 풀씨

　　전국 여성 마로니에 백일장에서 동화로 상을 타고. 어린이
문학에 빠져 대학교육원에서 동화를 공부하며, 영풍문고에서
전세계 동화책을 읽으며 매일 몇 시간씩 빠져있기도 했다. '모
래시계' 송지나 작가님, '용의 눈물' 이환경 작가님 밑에서 대본
을 연구하며 KBS 작가들과 동료들과 어울려 다니기도 했다.언
젠가 '뿌리 깊은 나무' 같은 동화를 써보고자 했으나 프로스트
의 '노란길'이 되고 말았다. 그리고 좀 더 시간이 흘러서 또 쓰
고 싶은 게 있었으니 ......여기 덜 여문 씨앗 같은 몇 편의 동시
내려 놓는다 ......좀 더 시간이 지나면 .....잘 여문 동시를 내려
놓으리라.

강촌에서의 이틀

초록빛 여울너울 강촌에 가자
팔 다리 쭉-쭉 어깨를 펴고
풀내음 후-후 들이마시며
발걸음 삼박사박 배낭을 메고

솔바람 소올포올 함께 가는 길
잃었던 얼-싸 널 만나고
헤매던 둥-둥 날 만나서
달빛이 사락모락 익어가는 길

산과 물 살랑찰랑 강촌에 가자
별들이 소근새근 밤을 새던 길
어떻게 날줄씨줄 어우러졌냐
물으면 강촌에서의 이틀이라고

빗나가는 하루, 날씨는 찌뿌덩

지도를 펼쳐 놓고
한의사가 맥을 짚 듯
조카가 짚는다
여기가 어디야?!?
북 한!
여기가 무슨 북한이야!
고모방이지!
까르르! 까르르!

이제 마지막이야
빨랫줄에 참새 열 마리 앉아 있었는데...
고모 나 봐 이렇게
쩍쩍쩍쩍! 째잭! 째잭!
날씨가 찌뿌덩했나방!
사냥꾼이 총을 쏴서 1마리 떨어뜨렸어!
몇 마리 남았게?
으-흠 ..내가 속을 줄 알고
1? 2? 3? 4? 5? 6? 7? 8? 9!..기웃뚱
....9마리!
무슨 9마리야! 다 날라갔지!
까르륵! 까르르륵!

할아버지 방 빨래줄

할아버지 방 빨래줄 철사로 된 한 줄
양쪽에 작은 못이 꼭꼭 붙잡고
찝개 몇 마리 올라가서 편지를 물고 있어요
내가 써 보낸 삐툴삐툴 편지 한 장
그래 아니야, 내 자존심
한자 한자 또박 또박 다시 써야지

할아버지 방 빨래줄 철사로 된 한 줄
동그란 꼬마전구 불 밝힌 곳
찝개 몇 마리 올라가서 사진을 물고 있어요
내가 보낸 사진 한 장 너저분한 내 방 풍경
그래 아니야, 내 자존심
차곡차곡 정돈하고 다시 찍어야지

김치가 최고야

김치만 있으면 밥 한 그릇 뚝딱
밥상의 공주래요 우리 건강 지킴이
아삭아삭 맛있네 우리 김치 배추김치
매운 고추 와 코리아 불끈 불끈 힘 솟네
핫핫 입안 얼얼 김치 볶음 최고야
보글보글 지글지글 김치가 최고야

김치만 있으면 밥 한 그릇 뚝딱
밥상의 왕자래요 우리 건강 지킴이
얼큰 얼큰 맛있네 우리 김치 무우 김치
매운 고추 와 코리아 불끈 불끈 힘 솟네
핫 핫 입안 얼얼 김치찌개 최고야
보글보글 지글지글 김치가 최고야

관악산에 올라보자

관악산에 올라보자 한걸음 또 한걸음
구비구비 산길을 가자 오솔길을 따라서
잎들은 곱게곱게 물들어 산을 둘러 옷을 입히고
맑은 향기를 바람에 실어 구비구비 산길을 넘어 간다

계곡물 졸졸 따라서 가자 솔바람 솔솔 피어나는 길
산새들 포롱포롱 노래하는 산 너머 산에 올라보자

관악산에 올라보자 한걸음 또 한걸음
구비구비 산길을 가자 오솔길을 따라서
꽃들은 아롱다롱 피어나 고운 볼웃음 짓고
맑은 향기 바람에 실어 구비구비 산길을 넘어간다

계곡물 졸졸 따라서 가자 솔바람 솔솔 피어나는 길
산새들 포롱포롱 노래하는 산 너머 산에 올라보자

4학년

너, 그렇게 밖에 공부 안하면
미화원 밖에 못된다!

오빠, 미화원이 뭐야?

아, 그건 말이야, 아주 좋은 직업이란다
우주의 한편을 깨-끗하게 닦는 일이지
월급도 아주 많아

얼만데?

100만원

오아! 그렇게 많아 ?

생각주머니

작은 상자에 코끼리를 넣을 수 있나요
오! 예!
생각 주머니에 코끼리를 넣고 작게작게 하지요

빵한 조각에 천 명의 군사 먹을 수 있나요
오! 예!
생각주머니에 빵 한 조각 넣고 크게크게 하지요

생각하면 할 수 있어요 곰곰이 생각해봐요
슬픈 일은 작게 기쁜 일은 크게 거뜬히 할 수 있어요

묘목이 자라 나무가 되고
올챙이가 자라 개구리가 되는 일
생각해보면 할 수 있어요
큰일도 거뜬히 할 수 있어요

민들레 씨앗하나

바람이 아기 민들레 씨앗 하나 얹고 다니다
깜빡 길을 잃었어요
보드라운 땅에 바람의 발이 닿았을 때
향긋한 거름 냄새를 맡았어요
음! 흙냄새!
쉬어야겠어 나도 길을 잃었나봐

바람은 흙을 헤쳐 졸리는 눈을 스스르
씨앗을 눕히고 흙을 덮어주었죠
음! 흙냄새! 엄마 냄새!
아기 씨앗은 쭈그리고 잠이 들었어요

텃밭의 흙들이 아기 씨앗을 보고 속삭이기 시작했어요
팔과 다리를 만져보자 쭉! 쭉! 너무 귀여워
꼭 다문 입술 좀 봐 깍쟁이 같아
심장에 더운 입김을 불어 노오란 꿈들을 심어볼까

하루 이틀 사흘 ......어느 날
햇살 밝은 아침 씨앗이 눈을 떴어요
아유! 잘잤다!
아기 씨앗은 팔을 쭉 뻗어 기지개를 폈어요
아! 눈부셔라!

지나가던 바람이 깜짝 놀랐어요
오! 어디서 보던 얼굴이네!
햇살아래 눈부신 세상이 환하게 펼쳐지고 있었어요

딸아이와 아침 풍경

오래 앓다가 일어난 아침
창문을 열어두고 나무를 보네
창문으로 새가 들어오면
새를 키우겠다고
재잘대며 새장을 만드네
우유곽을 오리네

태양을 가리고 선 구름
턱을 괴고 바라보는 하늘
창문을 달지 않으면 새가 죽는다고
쫑알쫑알 창을 만드네
푸른 망사를 오리네

넘어가지 않는 알약을 삼켜야하는
쓴맛의 세상
새가 노는 꽃밭이 있어야 새가 노래한다고
흥얼대며 색종이를 오리네

새가 새끼를 낳으면
나무 사이를 날아다녀야 한다고
그래야 아침인사 한다고
나무를 그려넣네
아이와의 아침 시간

남겨진 시간을 위하여

　　종교적 삶의 스타일은 시간을 사는 단절의 경험에서 이루어진다.

　　시간의 단절이 나를 변화시킨다. 12월 31일 광장에 꽉 찬 사람들 1월 1일의 텅 빈 모습. 이는 물리적으로 뭐가 다른가. 끝났다는 것이다. 끝났다고 생각하는 것. 이는 새로 시작한다는 것이다. 시간의 개념을 의도적으로 단절한 것이 '예배'이다. '6일동안의 일상성'이 끝나고 다른 경험으로, 나오는 것 '새신자' '정직한 신자'로 나오는 것.

　　.....남겨두리라. 앓고 난 후의 시간, 채우고 비운 시간으로, 외출하고 돌아온 시간으로 ..... 발효하리라......새로워지리라.

캐롤이 흐르는 풍경

스페인 캐롤 새라는 곡이 있는데
성탄이 온다고 호세카레라스가 부릅니다
카탈로냐 지방의 노래라고
알함브라 궁전의 추억을 만든 타레가
피카소, 카레라스가 이 지방에서 태어났데요
예수님이 세상을 구하시려고
이 땅에 오신 것을 노래하는 데
구슬프게 흐릅니다

크리스마스 전 후에 오십만통 이상
편지가 도착하는 나라 핀란드
핀란드는 백명에 하나 꼴로 호수가 있답니다
크리스마스가 다가오면
사냥을 금지하고
새들과 짐승의 먹이를 밖에 둔데요
묘지마다 촛불을 켜두어 눈과 함께 빛난데요
신비롭고 환상적이며 경건한 12월이래요
전쟁을 자주 겪은 나라라고
성탄곡도 우수에 찹니다
나의 연인은 가버렸다고

1년이 흐른다는 것

기차가 멈춘 곳 눈 쌓인 길을 걸어
하얀 눈꽃 헤치고 나 고향에 왔네
엄마가 계시는 곳

들창은 삐걱 거리고 대문 앞에 이름이 덩그마니
외딴 산 속 아무도 살지 않는 집

1년이 흐른다는 것은
엄마가 가고 없는 시간
모든 것에서 모든 의미를 잃은 시간
있어야 될 사람이
흔적없이 사라진다는 것은
가시에 찔리고 무거운 침묵이 흐르고
별들이 흐르던 하늘에도 침묵이 자라고
불안한 눈동자 인내의 시간이 흐르는 것

감나무에게로 가 물었지 엄마는 어딨냐고
산 위 바람으로 불어 갔다네
아무도 관심 갖지 않는 곳으로
노래는 언젠가 멈추어야 한다는 것을 알기에
소나무가 친구 되어 갔다고
마지막 남은 겨울감을 떨어뜨리네

언어를 배우고 시를 배우고 나무와 새들과
자연의 노래를 익히던 곳
빈집은 고개를 흔드네
알 수 없는 일이라고
세상에는 알 수 없는 것들이 너무 많다고
그것이 세상의 비밀이라고
비밀은 서로를 위하여 그냥 두는 것이라고
알 수 없는 곳으로 갔다고
긴 고드름을 떨어뜨리네

그리운 어머니

아저씨가 아침마당 프로에 나와 말했어요

태어났을 때 아버지는 이북에 있었습니다
재혼을 위해 엄마는 잘 울지도 않는 나를
산에 묻고 흙으로 덮고 내려왔습니다
이모가 나를 파가지고 청도산으로 도망을 갔습니다
다음날 사람들이 이모를 찾으니
중학생인 이모가 날 안고 바위 밑에서 자고 있었습
니다
그 후 동네 사람 이백여분의 젖을 먹고 살아났습니다
엄마가 돌아가시기 직전 얘기해서 알았습니다

무대를 진행하면서 어머니의 존재를 배웠습니다
어머니는 폭탄보다 세고 강철보다 강합니다
막 넘어지면서 뛰어 나오는
아들의 손이 이렇게 커도 바르르 떨고
금반지 낀 손으로 꽉 아들을 부둥켜안고 있는
칠십 세 된 노모의 힘을 내 손으로 떼지 못합니다
그렇게 초인의 힘을 어머니는 갖고 있습니다
그래서 스스로 뗄 때까지 내버려 둡니다

전 국민이 다 미워하는 죄수를
경찰이 아무리 설득해도 안 되는데

어머니가 넌 죄 없어 총을 내려놔라 할 때
총을 놓는 것을 보았습니다
어머니의 힘은 참으로 위대합니다

난타 공연

내게는 고통과 즐거움이 있습니다
내 눈빛은
수정처럼 맑은 카리브해의 에머랄드빛
내게는 극도의 관용과 북의 울림과
신의 넋을 빼앗을 듯한 몸놀림이 있습니다

내게는 고향을 응시하는 눈빛과
소용돌이를 헤쳐나가는 곡선이 있습니다
내게는 빠르고 경쾌한 영원성이 있습니다
그래서 나는 직선이 아니라
곡선으로 춤을 춥니다

구름 뒤에 태양이 숨겨져 있듯이
나는 억류 되었다가
나의 고향에 돌아온 강물이고
그래서 내 춤은 흩어지 듯 자유롭습니다
구비치고 넘치고 떨어졌다 상승하는
나에겐 어디서나
고향에 붙잡혀와 고향으로 돌아가려는
원형의 몸짓이 있습니다

호간공 이손

무갑산 눈부신 가을 햇살 풍성한 저 산야
옛길 따라 호젓한 마음 오늘에야 찾아오니
곧은 지조 높푸르고 어진충효 구비치는 향풍
아, 님의 높은 뜻은 산천초목 업고 있네

약한 것 일으키고 막힌 것 풀어주던
외유내강 소나무 같던 청정한 님이시여
온후함으로 보살피고 공경하고 섬기는 치민
아, 님의 속깊은 뜻은 회자되어 영원하리

호국인물 변안열 장군

기울어 가는 고려 말 바람 앞의 촛불이라
홍건적의 무리 떼지어 올 때
당당히 나가 격퇴한 호국의 충절
높고 푸른 충절이라 자손 대대 이어가리

공의 휘는 안열이요 자는 충가요
호는 대은, 성은 변씨 은나라 미중의 후손이라
질풍 노도같은 왜구 당당히 맞서 물리친 변안열 장군
용감무쌍한 충절 강물처럼 흘러 후대에 길이 빛나리

젤소미나

백치의 여인 젤소미나
트럼펫을 불고 가던 길의 여인
아침 이슬처럼 순수한 영혼
가난해서 광대에게 팔려가
길거리 광대로 살았다가
해변가 마을에 버려졌네

인생은 트럼펫 소리보다 구슬프더라
버려진 꽃은 미소를 잃고
찬바람에 떨고 있었지

젤소미나 해변에서 노래하네
혼자서 부르는 노래
외로움에 떨고 있네
평생 집없이 길에서 잠들었고
고달팠던 길에서 길을 잃었네
아무것도 가진 게 없어
해변의 노래는 구슬프네
트럼펫을 불고 가는 가엾은 여인
젤소미나

고덕동에 저무는 갑오년

시간이 빠져 나갔네
무르익은 과실의 단맛같은 시간들이
봄부터 매일 창문이 열려있어
한그루의 대추나무와 한그루의 목련
멀리 숲 속과 그 안에 흔들리는 바람을 보았네
은행잎들이 우수수 익어갈 무렵
붕대를 풀고 아이가 자전거를 밀고 나갔지
바퀴가 길을 따라 상일시장을 지나 성당의 벽돌담을
지나
한강의 억새들, 체온을 만져보는 사이
기다림에 지쳐
낮이 저녁으로 물들어가는 노을을 따라다녔지
천천히 아주 천천히 창가에 걸터앉아

터벅터벅 걷는 시간들은 텃밭으로 이르는 길

낙엽은 작은 날개들을 수없이 떨어뜨려 길을 경전화
했네
잠언의 한 구절 속으로, 거기 기침으로 몇이 지나가고
몇은 바퀴를 밀고가고
외투들도 빠져나갔지 노파들은 지팡이를 딛고
흔들리는 그림자를 끌고갔네

봄부터 열창으로 타오르던 개구리노래
허수아비는 기억 속에 사라져갔고
연꽃이 피어오르던 수면은
비어있는 벤취에 축 늘어진 잎들을 말렸지
경이로운 잔치를 벌이던 텃밭의 멘토들도
문을 닫았네, 나 늘 그렇듯 고개를 숙이네

수많은 별들이 풍요를 꿈꾸는 듯한 은유의 시간
두 점 사이에 헤아릴 수 없는 건강한 새들의 노래와
날갯짓
푸르른 청량한 공기의 시간들

황금색 햇살을 저 땅위에 비추고 땅은 산모처럼 끌어
안고
무게를 조금씩 조금씩 부풀리며 겨울을 나리라
이제 사랑은 깊어오고 깊을수록 외로울 것이고
꿈도 깊어서 외로우리라
수 만개의 발자국과 고통은 고이 잠들 것이고
아팠던 사건 나무와 열매를 기억하고
두렁들과 이랑들은 고요히 수면에 들리라

마른 갑오년의 손목을 잡아 맥박을 짚노니
이제 곧
나뭇잎같이 바스락대는 영혼의 깊은 상처들을
눈꽃들이 그려내는 언어로 감사히 이 겨울을 덮으리라

번역 시

세계시인대회를 하마 91년부터 참석했을 거다.
김경린 시인과 '美 애리조나주, 피닉스 계관시인대회'
를 시작으로 한 열 번은 참석한 듯하다. 피닉스에 참석
했을 때 미국 시인들이 입구에 환영인사를 했다. 그동안
피닉스에 비가 안 왔는데 한국 시인들이 비를 몰고 왔다
고 정말로 간절히 기다린 비가 아침부터 왔다고. 길거리
어디든 전봇대보다 큰 선인장들이 가로수를 이룬 사막의
땅 피닉스. 그곳에 얼마나 아름다운 꽃들이 피던지. 시인
들이 꽃피우는 낭송의 꽃과, 열사의 사막을 견디고 피는
꽃들. 열정으로 시를 낭송하고 잠들지 않던 밤이 가끔
생각난다. 그 밤에 나도 다짐했다. 단비같은 시를 쓰고
사막의 꽃과 같은 시를 쓰리라……

604, Farmersvill in Texas

The JinJu of one carat pearl on my chest
Took leave of
I wanted the evening bell of holding
In both hands drawn by Millet
To became my memory

Holding the name called Claire
that I've never seen
The sun swallowed a rose thorn
After passing over the summer of bettering August
Flew into 604, Farmersville in Texas
The place where Chery and Charles, Claire wait

If there someone
Please call my name
Don't say that our life is but a span
Or nothing but has a dream in life
Please sing a song, saying that
The life is your everlasting song
Becoming a flower in the air or
A star bloomed as a flower

Into the reflection

When I open the horizon of lens
It was the beginning of another gaze at
things and at me
I saw in the traces of the road
The road that will remain still between
light and shadow, between black and white
Mother with load on her back, a cottage crouching
in low,
a street musician,
River wrecked as crystal,
silent nun, bell on top of a tower
And a wildflower dampened with mist
Ah,those things come to the window of our
hearts and whisper
When I opened the lens to break it through
There I saw a forest leading to the secret of
universe
In a golden sunset that has built its nest on an old
tree
In a standing tree carring a snowfield, in a crystal
clear window bored by spider web
And inside the lens frame,we saw
The leaves of Holderlin,the rainbow of

Wordsworth, the stars of Gogh.
Our people with full of sorrow and once
beloved by Eugene Smith, Werner Bischof, and
Dorothea Lang
With their passion and agony
Our masters have followed
down the path and so did our seniors.
Ah, we hear the whisper of the subject
in the valley of eternity.
How far a distance, how long a wait
TO see the vanishing mist, dust and mote
TO see the flowers, trees and birds in
a sound sole breath.
Yet today, we are no longer alone
As the life once caught in the rain
becomes greener and smarter
Ruminating ever single
footstep and the reflection in its mirror.
Minutely, delicately, softly and tenderly
In a field of beautiful truth, in a silent
waiting, in a self stare
Do we not stand together with
masters and seniors

Sharing a tea with you

When every morning in this world is as same as
yesterday
Is the sun rose today a new
Those who shared yesterday, the time we shared
yesterday
How does the first scent of today feel
Having crossed a sea of wild idea
We tided over the boundary of our hearts
Yet, is it not the same
Road we have departed from
There was once a memory of dazzling blue sky
The warm shudder when I put my hands in the nest
And the memory of nest feather bit my heart
There was once a memory of a hen sitting on
its eggs on a rainstorm
Those harsh questions asking why
Have come back in a letter
of 7 pages once sent in blank
There was once a memory
of returning letters sent to battlefield
And I had to bury the rest
of memories and love inside my heart
Because it was the end
So many things are lost in time

Breaking your heart and
making you want to cry in sorrow
Are sleepless nights tired
from too big empty space In those bedridden days
by the pain in your flesh
Was the cold rain still falling at your window
Yesterday I wrote a letter
Folding 101 pieces of white blank papers
I sent a reply
I put a lucky four−leaf cover
And I wrote a line in P.S.
Thank you
In a time I have emptied sign and emptied despair
The things that rose up as
withered leaf and filled my heart
A small blade,a grand tree,a warm sunlight,
and a green land
As all have become rich in
light when I opened my heart
To live a life had to be a hopeful thing
I had to have courage not to surrender to sufferings
The life could deceive and betray at times
Yet, the clear water flew and the lively leaf grew
Only in the vally of hope
It had a sweet fragrance and a brilliant light inside
Thee, I wish in the
blossom in thy tears today
That a hopeful and lucky
bird would softly come fly

Snow

Sorrow is a star to cherish in days
To cross every whisper of Saint Exupery
The snow fell and my child grew in no time
The time wiped the house, whiped the tree,
and wiped the stairs. songs and sounds
Yet, the life separated those in love so quietly
The despair of Jacques Prevert shakes
me hazily in the snowflakes
How could I ever forget the fresh smell
of warm bread and the scent of a teacup
All the memories of table   fluttering the
scent of yellow Freesia
Is nothing but another test
That dove landing on a belfry shall soon
be wiped as the road

How could you be the only one
To cover this world in misty haze

A wind blowing hopelessly on a bent old tree
Makes me covered with fallen leaves
So did the letters bailing myself out
through the whole night

The bell shall ring from the top of a
tower when the snow covers the whole world
I shall see my home far away over the
road once the snow wiped
The sound of water, the sound of bieds
and the sound of bamboo
tree ringing in my ears
The broken ice grounds were flowing
over the Golden River
And the sound of bell from blue tower
was chiming out loud for me
Then, the season that leads to the plain
Shall raise the wilderness and read me
the poems of love again
With armful flowers in its hands

A love Dear to Me

If someone leave for his way
Passing a night without sleep
Not all find their right way

The way no one wants to proceed
Become the way everyone walk in pleasure

Only after emptying the glass, the setting
sun waves ripple
When I play on a lonely string of the guitar
After pouring wine tinged with setting sun
I could hear the sound of heartbeats
Coming from the musical instrument

The way of thirsty are destined to open
For the man who feel thirsty
Even a dust hugging the loss of his love
Will realize his desire

The man who goes the way will meet
The love on the way
Becoming a bird or song
The man who keeps his way will meet

his love dear to him
So he becomes a reason which changes
From the wind roaming
To a windstorm.

Two Days at the Gangchon Village

Go to the green colored Gangchon yeowul—neowul
With our hands and legs spreading out forward
jook—jook
Breading the grass's aroma hou—hou as much as we
like
With knapsacks on our shoulders stepping out sambak—
sabak lightly

At a lane walking together soall—poall with a breeze
We meet you ulssa, who have missed for a long time
You meet me doung—doung, after looking for
At a lane the moon is ripening sarak—morak fully

Let go to the mountain and river sallang—challang in
Gangchon
With the lane spend over the night of stars sokeun—
sakeun
Someone asking,how are you harmonized in a line of
longgitude and latitude
say to, two days at the Gangchon village

A Fog Flower

The wind that once turned around the
Seonun Temple

Fall and rise holding the stalk of barley

The heroine of a guesthouse
Falling asleep and getting out of bed

Whenever a visitor knocks at the door,
like a ghost.

Uneasiness of Pascal and Kierkegaar
That poet Shim understand.
Fall and rise among the great
and sorrowful poets
The croak of frog in the foot of a mountain
Continues like distant sound of
Korean poem was
Faintly heard
Oh, how many human lives come out in a day!

Characteristic of Continent

Chasing the wind throu호 the fields
Carring a Makgelli kettle in one hand
Carring broiled flesh in the other hand
Students on bicycles in many rows
riding over the Kang Kyong bridge
A rattling bus going to Non San
Stirred dust in the air over the pebbled road
Vietnam bound train on the tracks
She in the dry paddies I go from path to path

At midnight, throwing worry away, a toad recites
'General, who loves this country, only you
the landload loves this country
We only work on the earth
Kneel down and scratch out the earth
with your nails
We can only give our blood and
sweat to the earth
How can we love this country'

The edge of heaven is in covered in red
Yellow dust is swirling on the heavens
My knees sink into mud puddle

I despair as my breath leaves my body
While waiting for the mud to reach her ears
Like a kite approaching a firing range
I remember running and gasping along
a small road throngh a rice paddy
When I was a child

A Scenery Grumbling at the Moment

Roses flowerpots lod trees
democratic hours
cracking down as biscuits were

Tailed roofs or rats of black cats
wise eye's violently jumping
glitters are going off the map

The scissoring of cutting the frog's
belly skin into two
The dog its vocal cords severed
crumbled downright

Baptismal Day

Come, Break this Bread this is my flesh
Come and take this cup this is my Blood
I have Eagerly waited for this morment
Since I first met you.
I knew that you could not Live without me.
Come, Break this Bread this is my flesh
Come and take this cup this is my Blood
From today to eternity
I will Earnestly take hold of your hands
Just as a her gathers her chick under her wings
I will Live with you.

차츰 공유하고픈 감칠맛 감도는
풋풋한 시

- 김아랑 시인의 시 세계 -

차츰 공유하고픈 감칠맛 감도는
풋풋한 시
- 김아랑 시인의 시 세계 -

김 완 기
(한국아동문학회 전 회장, 문협, 국제펜 이사)

1

김아랑 시인의 시집 『바람 속을 걸어가며』을 상재한다. 사진을 찍을 때 그 대상이 되는 물체, 이른바 '찍히는 것'은 초점이 맞는 거리의 정도에 따라 조리개를 좁힐수록 피사체 심도가 깊어지듯 눈부시고 투명한 시다.

그녀는 대학에서 응용미술과 종교철학을 전공했고 문예창작과에서 부전공을 했으며 어린이 교육도 전공 다양한 면만큼 시의 깊이도 더해왔다

『지상의 마른 풀잎 하나』『뻘』『가시덤불 응시』등의 시집을 통해 시인이 존재해야 하는 이유를 명료하게 던져주어 주목을 받고 있다

우리 영혼을 움직이는 이 땅의 중심은 어디인가를 고뇌하면서 삶의 모습이 깊이 배어있는 시를 꾸준히 써왔다. 그것도 붓 끝이 아닌 가슴으로. 표충적 의미로 살아가는 방식을 서정적인 은율과 비유로 시집 한 채에 담고 있다.

김아랑 시인은 평범한 소재를 깊이 있게 의미화 하는

기법이 남다르다.

　일상의 자잘한 현상들을 놀라운 시안으로 시의 영역을 넓히고 끌어들이는 안목이 싱그럽다. 시편마다 풍기는 맛이 색다르다. 음미할수록 공유하고 싶어지고 공감하게 되는 감칠맛을 지녔다. 그건 시적 대상을 소중히 여기는 존재가치의 긍정성 때문일 것이다. 극히 상식적인 것일지라도 긴장감 있게 의미부여하는 통찰력이 곳곳에 번득인다.

　이 시집에서 우리는 농도 짙은 따뜻한 인간애의 회귀를 발견하게 된다. 상한 우리의 영혼을 소생시키고 절망 속에서 다시 일어나게 하는 함축적 심상의 내면을 건져 내고 있다. 그녀는 우리가 비참하다고 좌절하고 체념할 때 자신의 존재 의미와 삶의 존엄성을 일깨워 주는 공간을 마련해 제시하는 시의 전도사다

　　선운사 돌던 바람 보릿대 휘여 잡고
　　쓰러졌다 일어서고 쓰러졌다 일어서고

　　민박집 여주인
　　귀신처럼 두들기는 밤늦은 손님들에
　　쓰러졌다 일어서고 쓰러졌다 일어서고

　　밤에 피는 꽃과 밤을 새우는 꽃
　　파스칼과 키에르케고르의 불안도
　　위대하고 비참한 시인들 속에서
　　쓰러졌다 일어서고 쓰러졌다 일어서고

　　이골 저골 산자락 타고
　　골골 앓는 개구리 울음도
　　시인들의 시조 가락처럼
　　끊어지듯 이어지고 끊어지듯 이어지니

　　아, 인생은 하룻밤 속에서도

얼마나 흐드러지게 피는 꽃인가

－「안개꽃」중에서

생명체의 살아있는 자연현상을 감각적으로 표현했다. 하룻밤 속에서도 흐드러지게 피는 꽃, 작은 물방울들이 앞을 잘 볼 수 없을 만큼 뿌옇게 떠있는 현상을 닮은 안개꽃을 시인은 선운사 절 근처 어느 민박집에서 온기를 나눈 전경을 시 전부분에 담고 있다. 피사체에 들어와 있는 하얀 안개꽃 작은 꽃잎 하나하나가 포근하고 발랄하다. 작은 생명체도 역동적으로 살아가는 삶의 존귀, 우주의 모습이라 하겠다.

자연에 존재하는 모든 것들도 삶의 아름다움으로 차츰 성숙해간다. 이 시에서도 삶의 모습이 배어 있는 게 특징이다. 김아랑 시인의 시는 이같이 서정적이며 운율과 비유가 살아나는 동화 같은 시, 이야기가 담긴 시여서 엄숙하게 빠져들어 함께 내면의 깊이에서 공통분모를 찾게 된다.

김아랑 시인의 시는 풋풋함이다. 하나의 꽃잎에서 그들만이 간직한 작은 속삭임과 강한 생명력을 투시하고 있다. 서로 경쟁하며 서로 보듬으며 쓰러졌다 일어서는 인고의 세월, 그 하룻밤이 얼마나 소중한가. 작은 생명체의 기쁨이 도도록하게 묻어난다.

맑은 가을 햇살 여인들이 빨래를 널고 있는 아침

깎인 잔디밭에서 풀냄새가 진한 것은
아픔을 치료하려 풀들이 자기 상처 감싸고 있는 것인데

낙엽 차곡히 쌓이는 벤치, 상처인 양 빨래를 꼭 껴안고
내 안의 아린 풀내음을 맡네

지난 이야기는 수레에 담아도 공수레 공수거
부르다만 노래, 쓰다가만 편지, 모두 담아도 미완성
세월의 강을 건너
갈대밭에 이는 목이 쉰 바람소리를 읊조리는 여자는
눈 위에 발자국이 찍힐까
계곡 물위를 걷던 여자인가

　　　－「빨래가 널려있는 풍경」 중에서

　어느 가을 날, 여인들이 빨래를 널고 있는 풍경이 정겹고 상큼하다.
　투명한 주제에 세련된 묘사로 상상력을 더해간다. 섬세한 언어로 고정시키지 않는 상상력이 시적 감각과 흥미를 유발시켜 동화시키고 있다. 억새의 시간을 딛고 빨래를 너는 가을햇살아래 여인들이 마치 아픔을 치료받으려는 이 땅의 모든 여인상을 대변하는 듯하다.
　시는 내면의 울림을 그려내는 값진 기지(機智)이다. 이 시를 읽다보면 시는 단순한 언어의 나열이나 아름다운 말의 집결이 아닌 살아있는 생각과 사상과 집념과 이미지의 조화로움이란 걸 느끼게 한다. 참신한 비유와 선명한 시각적 심상이 형상성과 의미성을 더해주고 있어 여러 번 음미하고 싶어진다.
　정경묘사는 자칫 사실적 표현에 치우치기 쉬운 함정을 과감히 탈피해 시적 감성을 조화롭게 접목시키고 있어 울림을 준다. '빨래가 널려있는 풍경'을 읽다보면 상처인 양 현실속 자신의 아픈 모습들을 맑은 햇살에 널며 치유하는 나를 발견하게 된다.

　2
　김아랑 시인은 시심의 바탕이 맑고 싱그럽다. 무엇을 은유하는 걸까 궁금한 눈빛으로 사로잡는다. 감동적인

체험을 통해 숭고함과 엄숙함에 빠지게 한다. 햇살 비치
는 오후의 따뜻한 호흡을 품고 있는 장독대와 같은 이야
기여서 감동으로 다가온다.

> 빈 가슴 허공을 맴돌다 핀
> 야생화 한무더기 피어있다
> 주홍빛 날개로 내려앉은 대지는
> 키 작은 생명체들을 바람에 흔들고
> 바람이 한번 훑고 지나갈 때마다
> 혹 아려오는 가슴의 파열이여
>
> 바람이었던가 메아리였던가
> 무한히 큰 산이 안고 있는 무한히 작은 산들
> 못다 부른 노래는 바람이었던가
> 흙냄새, 풀냄새 나는 생의 둘레
> 결코 포기할 수 없었던 이름들은 꿈이었던가
> 눈물겹게 소중한 것들도
> 막막한 끝끝 잡을 수 없었던 사랑이었던가
>
> ─「바람 속을 걸어가며」중에서

느낌으로 다가와 감동으로 남는 시다.

모든 게 끝나지 않았다며 새로운 시작을 품고 있다는
바람 속 걸음은 진지한 시작을 암시한다. 김아랑 시인의
시는 생명이 있건 없건 모두가 살아 움직이는 생동감 넘
치는 산 물체로 인간과 동일시하는 기법이 익숙하다. 자
신의 내면을 꺼내 보이는 시 세계가 시각 청각을 동원한
연초록 새잎처럼 새날을 펼쳐 보이는 시적 공간이기도
하다. 시인은 바람 속을 걸어가며 세상이라는 갯내음 속
을 발견했다. 그 속에 오두막과 기운 어망도 걸려있었고
미역과 다시마 같은 기적도 잡아 올렸다고 표현했다. 그
렇다. 전체적인 전경을 정감으로 그려낸 진술한 생각이
오롯이 고여 있다. 시인은 바람 속을 걸어가며 때론 속삭

이며 살아가는 지혜를 나누는 듯 삶의 따슨 모퉁이로 안내하고 있다. 함축미와 이미지 형상화가 돋보인다.

밥은 물속에 들어간 쌀입니다
밥은 타오르는 불꽃의 열매입니다

나의 살도 피도
나의 함성도 혁명도
물속에 고이 잠긴 쌀이게 하옵소서
내 생명의 태동에서부터 껄끄러움 뿐이었으니
당신의 끓어오른 열의 감싸임 속에서
찰지고 윤기 흐르는 순결함으로
새롭게 태어나게 하옵소서

   -「아궁이 앞에서」중에서

시는 외형보다 내면의 깊이를 감추는 특성을 지닌다. 일상의 한 모퉁이를 진솔한 삶의 의미로 건져내는 시도를 이 시집에서 보게 된다.
밥은 타오르는 불꽃의 열매라고 했다. 아궁이 앞에서 새로운 태동, 다른 모습으로 식탁에 올려지는 기본적인 내면의 건져올림이라 하겠다.
사물이나 자연 현상에서의 내면은 또 하나의 새로운 것을 탄생시키는 위력을 지녔다고 시인은 믿는다. 아름다운 정신세계를 이 작품은 보여준다.
김아랑 시인은 무한한 상상력으로 함께 교감하는 포근함도 지녔다 바로 상상의 시다. 마치 동화 같은 따뜻한 생각들이 시의 세계로 빠져들게 하고 있다.

작은 상자에 코끼리를 넣을 수 있나요
오! 예!
생각주머니에 코끼리를 넣고 작게작게 하지요

빵 한 조각에 천명의 군사 먹을 수 있나요
오! 예!
생각주머니에 빵 한 조각 넣고 크게크게 하지요

　　　－「생각주머니」중에서

　동심적 발상이 참으로 재밌고 경쾌하다. 담백하면서도
착상과 표현이 튼실하다. 생각주머니처럼 기성에 물들지
않는 동심으로 살면 세상이 아름답다는 걸 은유적으로
암시하고 있다. 오! 예!는
　다 성취할 수 있다는 메시지다.

　3
　김아랑 시인의 시에서 따뜻한 인간애가 묻어난다. 삶
에 대한 진지한 시각이 시적 사고의 틀이 되어 잘 익은
과일처럼 달콤하고 속맛나고 따사롭게 서로 붙들고 살아
가는 정을 담아내고 있다. 아마 그곳은 고향의 안마당 같
은 정겨움이고 행복의 원천일 것이다.
　고향의 안방을 움직이는 것이 세계를 움직인다. 소박
한 집들이 있고 나지막한 언덕이 있고 밭이 있고 강이 흐
르고 나무가 사르락 거리는 곳, 거름 냄새가 나고 흙냄새
가 나고 싱그러운 풀 냄새가 사철 풋풋이 살아나는 곳,
그곳이 고향이다. 그 중심에 어머니가 있다.

　　　두드리는 빗방울 소리처럼
　　　따스한 햇살의 미소처럼
　　　포근히 안아주고 요람을 흔들어준
　　　당신은 사랑의 화신이죠

　　　쓰러지면 두 팔로 일으키고
　　　눈물지면 뜨겁게 감싸주고
　　　엎드려 기도하고 땀 흘려 밀어주신

당신은 믿음의 승리자죠

어디 있든지 무엇을 하든지
당신은 내 생의 열렬한 응원자
어디 있든지 무엇을 하든지
당신은 내 생의 영원한 선구자

    -「어머님의 길」중에서

  살아가는 날들은 모두가 누군가의 빚을 진 사랑의 흔적이라고 읊은 마지막 연처럼 고향의 심연 속에는 영원한 어머니의 미소가 있다.
  사랑의 화신, 믿음의 승리자, 영원한 선구자로 어머님의 길은 영원히 우리 가슴을 힘차게 뛰게 하고 삶의 이유이게 하고 희망이게 한다. 그 많은 시인들이 '어머니'를 노래했지만 시인은 관념을 벗어난 감각적 언어로 조화롭게 배열된 어머니 상을 그려냈다. 그녀가 구가하는 어머니의 길에서 파닥거리는 날갯짓으로 엄마 깃털을 찾아드는 둥지 속새를 연상하리 만큼 투명한 감동으로 그려내고 있다. 이 땅 모든 어머니께 바치는 간절한 기도처럼.

바람이 아기 민들레 씨앗 하나 얹고 다니다
깜빡 길을 잃었어요
보드라운 땅에 바람의 발이 닿았을 때
향긋한 거름 냄새를 맡았어요
음! 흙냄새!
쉬어야겠어 나도 길을 잃었나봐

바람은 흙을 헤쳐 졸리는 눈을 스스르
씨앗을 눕히고 흙을 덮어주었죠
음! 흙냄새! 엄마 냄새!
아기 씨앗은 쭈그리고 잠이 들었어요

텃밭의 흙들이 아기 씨앗을 보고 속삭이기 시작했어요

팔과 다리를 만져보자 쭉! 쭉! 너무 귀여워
꼭 다문 입술 좀 봐 깍쟁이 같아
심장에 더운 입김을 불어 노오란 꿈들을 심어볼까

    – 「민들레 씨앗 하나」 중에서

  착상은 시를 빚는 최초의 실마리다. 삶의 아름다움이
배어 있다. 멋진 이야기가 담긴 생기 있는 시다. 바람과
민들레 씨앗. 흙냄새 엄마냄새 맡는 씨앗과 속삭이는 흙.
눈을 떴을 때 펼쳐지는 눈부신 세상. 이 모두가 환희에
찬 세상 이야기다. 시인이 세상을 바라보는 안목이 성숙
함을 보여준다. 선명한 시각적 심상 때문이라 여겨진다.
작은 생명체의 영혼을 읽는다는 것은 참으로 행복한 일
이다. 서로를 배려하며 공존하는 자연과 사물의 관계를
감각적으로 느끼게 한다. 김아랑 시인은 시의 중심과 주
제를 명료하게 하는 언어 사용이 구체적이며 상황묘사가
명중하다. 하찮은 것, 보잘 것 없는 것에도 존재 가치가
있고 그들도 소망과 기쁨으로 내일을 향한 꿈과 새로운
도전이 있음을 작품 여러 곳에서 감지할 수 있다. 그래서
감칠맛을 풍긴다.

  한 권의 시가 갖는 힘은 평생 배운 교과서보다 더 감
동적일 수 있다.
  신앙과 인간적 휴머니즘. 의미 있고 가치 있는 사상과
꿈이 응집된 김아랑 시인의 시집 발간은 기쁨이고 축복
이다.
  기대한다. 이 땅의 많은 이들에게 여기 시집 한권에 담
긴 시편들이 용기가 되고 힘이 되고 차츰 공유하면서 정
서의 치유가 되길 힐링이 되길....

[김아랑 시집]
시간의 수레바퀴

초판 인쇄 2015년 1월 5일 인쇄
초판 발행 2015년 1월 9일 발행

지 은 이 : 김 아 랑
펴 낸 이 : 백 성 대
북디자인 : 박명화·이미화
펴 낸 곳 : 도서출판 노문nomoon
　　　　　출판등록 2001년 3월 19일 제2-3286호
　　　　　서울·중구 마른내로 72 (인현동2가)
　　　　　전　화 : 02)2264-3311~2
　　　　　팩　스 : 02)2264-3313
　　　　　E-mail : nomunsa@hanmail.net

ISBN 978-89-86785-04-03